Scrittori

Andrea Fazioli
Succede sempre qualcosa

Edizioni Casagrande

Opera pubblicata con il contributo
finanziario del Cantone Ticino
derivante dall'Aiuto federale
per la lingua e la cultura italiana,
e della fondazione svizzera per
la cultura Pro Helvetia

Le Edizioni Casagrande beneficiano
di un sostegno strutturale
dell'Ufficio Federale della Cultura
per gli anni 2016–2020

Le fotografie all'interno del libro
sono di Andrea Fazioli

www.edizionicasagrande.com
ISBN 978-88-7713-798-2

Progetto grafico:
Studio CCRZ, Balerna

«Ero un bravo cowboy, ma successe qualcosa».
«Già, è così. Succede sempre qualcosa».

Da *Ombre rosse*, film di John Ford (1939)

Alcuni di questi racconti sono usciti integralmente o parzialmente su vari giornali e riviste, fra cui «Achab», «Azione», «Cinemany», «Il Corriere del Ticino», «Extra», «Il Fatto quotidiano», «Viceversa letteratura».

I.

Pik pik

Il biologo David Haskell ha isolato un cerchio di un metro quadrato in una foresta del Tennessee. Poi, per un anno intero, è andato quasi ogni giorno a osservare il luogo prescelto. Nei fatti minuscoli delle rocce, degli alberi, degli animali, Haskell ha scoperto la grandiosità della natura. È possibile fare la stessa cosa con gli esseri umani? Isolare un luogo, un angolo di strada, e vedere giorno dopo giorno crescere il mistero di ciò che siamo?

Per designare il suo pezzo di foresta, Haskell usa il termine sanscrito «*mandala*», che significa nello stesso tempo «cerchio» e «comunità». Egli spiega come la ricerca dell'universale nell'infinitamente piccolo sia «un motivo che ricorre sommessamente nella maggior parte delle culture», e cita la poesia *Presagi d'innocenza* di William Blake: «Vedere il mondo in un grano di sabbia / e il cielo in un fiore selvatico». Accenna anche ai mistici, ai contemplativi: «Per San Giovanni della Croce, san Francesco d'Assisi o Giuliana di Norwich, una prigione sotterranea, una spelonca o una piccola nocciola potevano essere la lente attraverso cui conoscere la realtà fondamentale delle cose». Haskell si pone di fronte a questa sfida come biologo: «È possibile vedere l'intera foresta attraverso una piccola finestra contemplativa di foglie, rocce e acqua».

Più volte la settimana Haskell torna al suo mandala. Si siede su un lastrone di arenaria e guarda, senza nemmeno entrare nel cerchio. Si è ripromesso di non intervenire, di non toccare niente. Il libro in cui racconta la sua esperienza segue la cronologia dei suoi appunti, dal primo gennaio fino al 31 dicembre. Ho deciso di leggerlo anch'io un po' alla volta: ogni settimana mi ritaglierò qualche minuto per inoltrarmi nelle foreste del Tennessee. Per cominciare abbiamo osservato rocce, licheni, formiche, vermi, aceri, felci e, con la prima gelata, fiocchi di neve. Questi ultimi sono come «stelle trasparenti». Haskell rammenta la domanda di Keplero, il quale nel 1611 scrisse: «Deve esserci una causa precisa per cui, ogniqualvolta comincia a nevicare, si forma sempre una stellina con sei angoli». Keplero non lo sapeva, commenta Haskell, ma «la forma dei cristalli di ghiaccio esagonali dà un'idea precisa di ciò che dovrebbe essere invisibile, ossia la geometria degli atomi».

In gennaio Haskell compie un esperimento: si spoglia nudo per «provare il freddo così come lo vivono gli animali della foresta, senza abiti». A venti gradi sottozero, gli bastano dieci secondi per capire che le piccole cince della Carolina, che saltellano sui rami lì intorno, sono più attrezzate di lui per combattere il gelo. «Le cince cantano e fischiano, il picchio emette il suo classico *pik pik* dai toni acuti», mentre Haskell si affretta a rivestirsi prima di finire assiderato.

In generale, il biologo è stupito dalla complessità di relazioni in un metro quadrato di foresta. Tutto è regolato con precisione: i progenitori del picchio avevano emesso quel suono «per milioni di anni prima che esistesse l'uomo» e Haskell deve ammettere: «Più rimango a osservare il mandala, più sento allontanare ogni speranza di poterlo veramente comprendere e di coglierne la natura più essenziale». Mentre mette in pratica le sue competenze, impara qualcosa su di sé: «Osservare noi stessi e osservare il mondo non sono attività in contraddizione; osservando la foresta, ho imparato a conoscere meglio me stesso».

Mi domando se possa anch'io trovare una sorta di mandala. Non sono un biologo e non riuscirei a interpretare i fenomeni naturali. Ma come romanziere, in qualche modo, sono abituato a osservare le persone, ad ascoltarle. Per non andare lontano, scelgo un luogo nella mia città. È una piccola piazza, appena uno slargo circolare nella zona sud di Bellinzona (tra Via Raggi e Via Borromini, dietro la fermata del bus Semine). Vicina a uno sportello della Posta, non lontana da una Coop e da un McDonald's, la piazzetta-mandala è un crocevia. Nella bella stagione sembra perfino più animata del centro storico: intorno alla fontana, sulle panchine di legno scrostate, ci sono persone di varie età e provenienza, cani e bambini, adolescenti, anziani, disoccupati.

Mi siedo su una panchina, con il freddo che punge le mani e che s'infila sotto la giacca. Non saranno i venti gradi sottozero di Haskell, ma la piazza è vuota. Apro un libro, per mantenere un contegno (*Ti trovo un po' pallida*, di Carlo Fruttero). Un bambino con i roller gira intorno alla fontana, con le gambe malcerte, poi se ne va. Passano uomini anziani con il basco e il sacchetto della spesa. Alle mie spalle, la via è trafficata. Due donne si parlano gridando dai lati opposti della strada, finché la più giovane si arrischia ad attraversare e raggiunge l'altra. Una vecchia signora, lentamente, spinge un *trolley*.

Trascorrono dieci minuti: nessuno si ferma. Comincio a sentire freddo; provo a leggere il libro tenendo le mani in tasca, ma è un'operazione complessa. Nel frattempo, in un parcheggio sulla destra, arriva una piccola Mercedes nera. Ne scendono due donne di mezza età, basse, infagottate in ampi strati di pelliccia.

Una delle due mi chiede gentilmente se, a mio parere, la Bibbia sia un libro ormai superato o se contenga dei consigli pratici di vita quotidiana. Mentre cerco di abbozzare una risposta, l'altra signora mi rifila un volantino dei testimoni di Geova e attira la mia attenzione sulla testimonianza di un ragazzo «poco più che ventenne», tale Ezekiel, il quale ha dichiarato: «Quando ho visto che era un librone, mi è passata la voglia di leggere la Bibbia». La signora scuote il capo. «Un librone?» mormoro io. Ma la prima signora sta già citando una frase dal Nuovo Testamento. La seconda resta in silenzio. Infine mi salutano con gentilezza e tornano alla Mercedes. Allora riprendo a leggere *Ti trovo un po' pallida*, che è un libro molto sottile. Il cielo è sempre più bianco e basso. C'è un'attesa di neve nell'aria. Sopra le case sta passando un corvo.

Fra qualche settimana, tornerò a osservare l'evoluzione della piazzetta-mandala. Com'è accaduto a Haskell, mi sembra di non essere riuscito a cogliere un granché. Camminando ripenso al corvo, così nero sullo sfondo bianco, e mi viene in mente un brevissimo poema del maestro giapponese Sengai (1750-1837): «Difficile distinguere un airone bianco sulla neve; ma come spiccano i corvi».

Nell'autografo l'ideogramma sembra la traccia di un animale su un campo innevato, e il disegno dei corvi continua con naturalezza ciò che le parole non arrivano a dire. È giusto, forse, che pure osservando da vicino un frammento di realtà non si riesca a esaurirne il senso. Non solo perché il mondo è misterioso, ma anche perché la scrittura è sempre un tentativo. In un punto del suo diario, Cesare Pavese annota: «Nell'inquietudine e nello sforzo di scrivere, ciò che sostiene è la certezza che nella pagina resta qualcosa di non detto». Vi lascio quindi al non detto, che forse appare anche sulla neve di questa pagina: invisibile come un airone, nitido come un corvo.

PS: Il libro di Haskell è stato pubblicato in italiano da Einaudi nel 2014 con il titolo *La foresta nascosta. Un anno passato a osservare la natura* (l'originale inglese, *The Forest Unseen. A Year's Watch in Nature*, è del 2012). I poemi del maestro Sengai si trovano in *Poesie e disegni a china*, a cura di Daisetz T. Suzuki, scritto nel 1971 e pubblicato in italiano da Guanda nel 1988 e poi nel 2012. L'annotazione di Pavese è tratta da *Il mestiere di vivere* (Einaudi) e risale al 4 maggio 1942. *Ti trovo un po' pallida*, scritto da Fruttero nel 1979, è stato ripubblicato da Mondadori nel 2007.

Il signor Adamo

Il signor Adamo aveva molto tempo per pensare. Gli capitava di passare intere mattinate seduto sulla poltrona, vicino al calorifero. Tra un pensiero e l'altro, per riposarsi, lasciava correre lo sguardo fuori dalla finestra.

L'altra attività del signor Adamo era proprio questa: osservare. Quando la mente cominciava ad appannarsi, usciva per le strade della città e osservava tutto ciò che vedeva.

Non era stato facile. Dopo aver lavorato in un ufficio governativo per più di quarant'anni, il signor Adamo quasi non sapeva più pensare. E di sicuro non sapeva osservare. Durante i primi mesi da pensionato ciondolava per casa, aggiustava cose che già funzionavano. Certe volte accendeva il televisore. Poi però si era fatto forza e il pomeriggio aveva cominciato a passeggiare per il quartiere, fino al parco pubblico. Dopo qualche esitazione, si era perfino seduto su una panchina.

Per osservare le cose, il segreto è restare fermi abbastanza a lungo. All'inizio non funziona, perché chi guarda fa ancora parte del movimento generale, ma dopo un po' è come se qualcuno alzasse il sipario.

Il signor Adamo si metteva comodo, appoggiato allo schienale, con i palmi delle mani sulle ginocchia. Gli occhi, appostati dietro le lenti spesse degli occhiali, seguivano ogni passaggio: un cane ai bordi dell'aiuola, un ragazzo con il monopattino, una rondine, il camion della nettezza urbana fuori dal parco, oltre le canne di bambù.

Un giorno il signor Adamo, mentre il sole dopo la pioggia faceva luccicare il verde degli alberi, si trovò a pensare alla morte. Che ne sarebbe stato di lui? Che cosa gli sarebbe successo? Com'era possibile aver vissuto tanto e non sapere ancora niente, come se gli anni non fossero passati?

Osservò a lungo il giardiniere che potava una siepe. Socchiudendo gli occhi, poteva sentire come quell'uomo, essere come lui. Il gusto di un lavoro ben fatto. La sicurezza di padroneggiare le cesoie, gli strumenti del mestiere. Ma anche l'urgenza di finire, di andare a fare altro. Il signor Adamo si rese conto che il giardiniere aveva una carica vitale più forte della sua: aveva una famiglia da gestire, questioni di soldi, obiettivi, desiderio di cose, di esperienze.

C'erano due ragazze dietro il padiglione. Erano sui sedici anni, e il signor Adamo percepì di nuovo il desiderio. Era ben nascosto sotto l'eccitazione, la curiosità, l'ansia. O forse era semplicemente una richiesta di aiuto. Le ragazze stavano scattandosi fotografie con il telefono e una diceva all'altra: «Non gliela inviare, non gliela inviare!»

Il signor Adamo pensò che forse lui e le ragazze non erano troppo diversi. Quella tensione, quell'incertezza. Però lui non sapeva più chiedere una cosa con tanta forza.

«Non gliela inviare!»

Una madre con la carrozzina si fermò accanto a lui. Il signor Adamo la salutò con un cenno e il suo sguardo si posò sul neonato.

In quel momento piombò quasi nell'incoscienza. Sentiva il filo del suo respiro, e ampie masse d'aria, vasti spazi azzurri che riempivano il buio. Percepiva un risucchio, un dondolio. C'era un riparo, fuori da ogni tempo, la nostalgia straziante per quel luogo... Sì, gli mancava il calore, la pienezza. Però il signor Adamo sentì pure, come un formicolio sulla schiena, lo strappo di un artiglio. Ed eccolo nell'impeto di un fiume... Che sentimento era, quello? Che vertigine, che forza lo stava trascinando? Spalancò gli occhi sulla madre. Balbettò: «Ma... ma... ma...»

«Prego?» disse lei.

Il signor Adamo si riscosse. Fu come tornare da un lungo viaggio.

«Niente, mi scusi. Buona giornata».

Si alzò e fece qualche passo. Doveva riprendersi. Per un attimo, soltanto per un attimo, aveva visto tutto chiaro. Ma ora, tra le altalene e i cestini dei rifiuti, il mondo tornò a stringerlo d'assedio.

Il signor Adamo chiuse gli occhi, cercò di ricordare.

Ma era passato tanto tempo...

Risorse umane

La cosa peggiore è il momento prima della battaglia, quando stai camminando sulla moquette grigia del corridoio e dalle porte degli uffici vengono sguardi, saluti, sorrisi. L'aria è satura di veleno. Arrivi davanti alla porta di Katia Balmelli, il capo del personale, e scopri che per andare sul sicuro hanno scritto: HUMAN RESOURCES DEVELOPMENT MANAGER. E così, stordito dall'inglese, incassi il primo colpo.

Katia Balmelli, detta il Killer, apre la porta. Ti guarda, sorridendo dolcemente, e subito ti chiede se vuoi del tè. Ma tu non hai voglia di trafficare con tazza e piattino quando lei ti dirà che...

«Volentieri, grazie, con un po' di zucchero».

Anche il secondo colpo è andato a segno. Dopo aver accettato il tè, ti siedi sulla poltroncina di pelle e appoggi le mani sul tavolo, guardandole come se fossero due pesci morti. Lei prepara l'infuso e parla di sé, dei suoi bambini, tanto per affilare le armi.

«E la tua famiglia», ti domanda, «tutti bene?»

Perché vi date del tu, naturalmente: siete moderni, siete *easy*. Soli in una stanza, vi sorridete. Tu e il Killer.

«Stanno bene, grazie».

«Come valuti il tuo lavoro?»

Ti schiarisci la voce prima di rispondere. Quando il Killer usa il verbo «valutare», vuol dire che sono guai.

In effetti, in meno di cinque minuti ti fa capire che sei licenziato, senza naturalmente usare mai questa parola. Tu annuisci, bisogna sempre annuire, e cerchi di spiegarle il tuo caso. A un certo punto scopri, con orrore, che la situazione si sta rovesciando: sei tu che stai consolando lei, tu che ti dimostri comprensivo...

Ma chi è che sta perdendo il lavoro?

«Dimmi, Alfonso, so che l'impresa di famiglia vi dà soddisfazioni».

Impresa? Ma di che sta parlando?

«Be', più che un'impresa...»

«Bisogna investire...»

«... è un circo».

«... in ciò che realizza le nostre capacità, non credi?»

«È un circo», le ripeti. Sei calmo, ma non sai se riuscirai a restarlo. Le dici: «Come credi che vadano i circhi di questi tempi?»

Sei un caso anomalo, te ne rendi conto. Ovviamente questo non ha niente a che fare con il tuo licenziamento, però loro se ne servono per giustificarlo. Il punto è che non c'è lavoro per tutti, e allora perché non sbarazzarsi di Alfonso Rovatti, impiegato diligente ma con un'inclinazione pericolosa: nel tempo libero svolge la professione di equilibrista e domatore di animali.

Sono finiti i tempi in cui il Circo Rovatti, splendida avventura che prosegue da tre generazioni, dava da vivere a un'intera famiglia. A differenza di suo nonno e di suo padre, Alfonso Rovatti ha dovuto procacciarsi un posto in banca per tirare avanti.

«Vedi, Alfonso, conosciamo le tue capacità. Ma abbiamo bisogno di qualcuno che sia disposto a...»

Smetti di ascoltare, perché tanto è inutile.

Hai perso. Non ti resta che ritirarti. Ma lei no, lei è amichevole, vuole fare conversazione. E tu l'assecondi, perché bisogna fare buon viso.

«Sì, abbiamo ancora gli animali, non vogliamo rinunciare».

«Ah, perché ho visto che il Cirque du Soleil...»

Sì, figuriamoci. La interrompi subito: «Lo so, hanno soltanto artisti umani. Oggi si usa così».

Ecco il terzo colpo. Senza che tu te ne accorga ti costringe a parlare di te, del tuo lavoro. Le dici dell'odore di segatura, del fascino dei cavalli. Il circo Rovatti è piccolo, ma non ha mai rinunciato agli elefanti. Tu poi ami anche le tigri, la loro eleganza, la loro glaciale perfezione. Ti soffermi sulla potenza di un corpo di un metro e settanta per duecentocinquanta chili, sugli artigli lunghi dodici centimetri, sulla precisione dei movimenti, sul brivido dell'animale pronto all'attacco...

«... la coda s'irrigidisce, è uno spettacolo, come il timone di un aereo. Le zampe si tendono, pronte allo scatto, impressionanti...»

Lei t'interrompe: «Lo vedi? Bisogna investire in ciò che ci realizza!»

Il quarto colpo.

Più tardi, quella sera, Katia Balmelli chiude con un sospiro la schermata del computer. Dopo un'intensa giornata di lavoro ha voglia soltanto di tornare a casa e di sdraiarsi sul divano. Forse giocherà un po' con i bambini, per far riposare la babysitter, mentre suo marito sorveglia la cottura della pasta. Cammina lungo il corridoio deserto, prende l'ascensore ed esce dal retro, passando per il viottolo che, attraversando una macchia di alberi e cespugli, porta al parcheggio.

Alla prima curva, qualcosa la blocca.

Sta in ascolto. Cos'è questo rumore?

Trattiene il fiato ed eccolo di nuovo, un suono profondo, vibrante. Come una specie di ringhio. Muove un passo. Subito, dietro di lei, sente scricchiolare la ghiaia del viottolo.

Nessuno ha mai visto veramente una tigre. Sbirciarne una dietro le sbarre di uno zoo non conta, e non contano nemmeno i safari. Così aveva detto Alfonso Rovatti, infervorandosi. A Katia Balmelli tornavano in mente le sue parole. Andare sull'erba pallida della steppa, attraversare una radura e percepire una presenza. Balmelli si era chiesta se stesse riferendo racconti altrui o se anche lui avesse provato l'esperienza del ruggito.

Più che un suono, aveva detto Rovatti, è un blocco di rumore che riempie lo spazio, che ti toglie il fiato. Il crollo di una frana, dice chi l'ha sentito da vicino, o un motore che ti esplode nella testa. Subito dopo l'aria diventa gialla e nera, gli occhi della tigre nei tuoi, per una frazione di secondo, mentre spicca il balzo, e poi...

Basta! Katia Balmelli spense le immagini che le riempivano la testa. Stava attraversando il parco, ancora poche decine di metri e sarebbe arrivata al parcheggio.

Eppure... c'era quel borbottio, quel raspare sommesso tra i cespugli. Come qualcuno che si schiarisse la gola, ma più tagliente, più deciso. Balmelli avanzò, camminando ai bordi del vialetto.

Un ramo si spezzò, sulla destra, con un colpo secco.

Balmelli inciampò nei suoi stessi piedi e cadde sulla ghiaia. Imprecò sottovoce. Poi, per darsi coraggio, imprecò a voce più alta. Si rassettò la gonna. Aveva appena licenziato un tizio, e allora? Perché se la prendeva tanto?

Era uno come tanti.

Ma questo tizio lavorava in un circo. Il Circo Rovatti, di antica tradizione, con pagliacci, elefanti, cavalli... e tigri.

Tigri? Andiamo! Nemmeno nel più squallido telefilm il dipendente vendicativo libera una tigre nel parco dell'azienda. È un'idea assurda, si ripeté Balmelli. Nel mondo reale le tigri non inseguono i capi delle risorse umane. I capi delle risorse umane stanno all'interno, nei loro uffici, e le tigri stanno là fuori, da qualche parte. Ma questa cosa, questa presenza che avanzava nel buio, lei lo sapeva? Sapeva questa tigre che le tigri non attaccano la gente nei parchi cittadini?

Quale tigre? Ne parlava come se fosse...

Un calpestio, il risucchio di un fiato.

Era quel verso che le belve fanno prima di... *aah-hun, ah-ah-hun*, come un lamento... Balmelli cominciò a correre, battendo i piedi sulla ghiaia. L'aveva fatto, quel pazzo furioso l'aveva fatto davvero! Aveva trasportato una delle sue maledette tigri con il furgone e aveva atteso finché lei, Katia Balmelli, che aveva come unica colpa quella di fare bene il suo mestiere, sì, aveva atteso finché proprio lei...

Si fermò, disorientata, al centro del sentiero. Dopo una striscia di prato, cominciava il piazzale del parcheggio. Balmelli fissava la sua Audi come un miraggio: essere già lì, chiusi dentro, al sicuro!

Ma c'era quel terreno scoperto. E se la tigre avesse scelto proprio quel punto? Se la stesse braccando, come fanno gli animali da preda? Devo correre, decise Balmelli, correre come non ho mai corso in vita mia!

All'improvviso un altro fruscio, molto vicino. Uno strappo, qualcosa che arriva dalla direzione che non ti aspetti e che...

«Katia, va tutto bene?»

Credevi che non l'avresti mai più rivista e invece eccola qui. Ancora. È una specie di incubo. Cerchi di abbozzare un sorriso, le racconti qualcosa: non vuoi darle la soddisfazione di vederti soffrire. Ha un aspetto strano, perciò le chiedi se sia tutto ok. Lei si guarda intorno, come se cercasse qualcosa.

Le spieghi che sei tornato indietro perché ti sei dimenticato di svuotare il tuo armadietto nella sala riunioni. Lei annuisce, ma è persa nei suoi pensieri. Biascica qualcosa a proposito delle tigri, e tu ti domandi se abbia bevuto. Avete già parlato del circo e delle tigri, che cosa vuole ancora? Le rivolgi un cenno del capo, cortese, poi vai per la tua strada.

Dopo un po' ti volti a guardarla.

Lei è ancora lì, rigida come un lampione.

Sei tu lo sconfitto. Sei stato tagliato, ti hanno buttato fuori dall'azienda. E allora perché Katia Balmelli, detta il Killer, ha quello sguardo pieno di turbamento? Perché se ne sta immobile ai bordi del parcheggio?

È davvero così brutto, essere dalla parte di chi licenzia?

II.

L’elefante innamorato

Oggi sono a Bellinzona, nella solita piccola piazza che, senza mettersi in mostra e senza attirare l’attenzione, fa il suo placido lavoro di piazza. Torno sulla stessa panchina, alla stessa ora, sotto lo stesso cielo. Qualcosa è cambiato? Sulle prime, tutto mi pare come sempre. Ho la sensazione che ci sia più movimento nelle foreste del Tennessee. Qui la vita sembra dormire sotto il sole di primavera che – mormora una signora di passaggio – «è traditore». La sua interlocutrice aggiunge, enigmatica: «Sono tutti traditori, i mesi con la erre». Entrambe hanno fatto la spesa alla Coop e ora aspettano il bus. Non alla fermata, dove c’è ombra, ma qualche metro più in là, sotto il sole che è bellissimo e fugace, come ogni traditore.

L’aria è un po’ più dolce, spuntano i primi fiori, riesco a leggere senza che il freddo mi punga le mani. Questa volta ho con me un classico: le *Storie naturali* di Plinio il Vecchio. Per dirla tutta: è quasi primavera. È quasi primavera, io sono più vecchio di un mese, nel cielo svetta una gru che prima non c’era. Poca cosa, se pensiamo alla vastità dell’universo. Ma è possibile vederla da qui, l’ampiezza dell’universo? Che c’è in comune fra questa piazzetta rotonda e la gloriosa maestà delle galassie?

L’unicità, forse. Passa un ragazzino in monopattino, arriva e riparte l’autobus. Mi suona il telefono, rispondo, parlo, il sole abbandona la piazza senza lasciare tracce. Ogni parola che pronuncio, ogni filo d'erba nelle aiuole, ogni spruzzo di orina di questo cagnetto grigiastro, ogni pelo di barba del suo padrone, ogni pesce, ogni elefante e ogni leone descritto da Plinio, ogni insetto, anche, con la sua «incommensurabile piccolezza», ogni ammasso di gas e ogni stella esplosa milioni di anni fa, tutto accade o è accaduto nel fiume del tempo, dove non ci si bagna due volte. E ogni punto dell'universo è il centro dell'universo, a pensarci bene, visto che non ci sono confini e che oltre l'infinito si apre di nuovo l'infinito e poi ancora altro infinito.

Ecco dunque che, proprio al centro dell'universo, si radunano otto signori in pensione. Intorno a loro ruotano le nebulose, si formano nuovi pianeti, guizzano meteoriti e la materia oscura, oscuramente, fa quello che deve fare. Uno dei pensionati ha un cane al guinzaglio. Quasi tutti indossano un giubbotto di colore bruno, come se fosse una divisa. Due o tre hanno un cappello da baseball, uno si appoggia a una bici. Che l'ingranaggio dell'universo sia modellato proprio su questa bicicletta? Catena, pedali, ruote, ogni elemento ha una ragione per esistere.

I pensionati discutono di sport e, cautamente, di politica. Quello con la barba accenna a un piccolo scandalo locale, una questione losca di permessi di residenza e tangenti. Uno sente il bisogno di commentare: «Eh be'», esclama, «eh be'!». Tutti gli altri annuiscono. L'universo naviga nel tempo. Io abbasso gli occhi sulle parole di Plinio, che è un po' più Vecchio di quanto non lo fosse un minuto fa: «Si narra che un elefante si sia innamorato in Egitto di una fioraia e che costei non fosse però come qualcuno potrebbe credere una donnetta qualsiasi, ma addirittura la favorita di Aristofane, famosissimo grammatico». Proprio così. E sono unici anche loro: l'elefante, la fioraia, il grammatico. Unici e meravigliosi, come le stelle.

PS: Dopo il tramonto del sole, mentre torno a casa, appare la luce di Venere, sospesa sopra i tetti, misteriosa nella sua lontananza ma pure domestica e tranquilla, come se avesse appena fatto la spesa alla Coop.

PPS: Plinio il Vecchio nacque nel 23 e morì a Pompei nel 79 dopo Cristo, durante l'eruzione del Vesuvio. Le sue pagine sono uno stupendo arazzo dove la scienza si mescola alle favole. Lo sguardo di Plinio riesce miracolosamente a essere preciso e insieme pieno d'incanto. Si veda per esempio il brano che ho citato (dal quinto paragrafo dell'ottavo libro, nella traduzione di Francesco Maspero pubblicata da Rizzoli nel 2011). Perché è importante riferire che l'elefante si sia innamorato proprio di una fioraia? Plinio poi aggiunge che non era una fioraia qualsiasi, bensì la favorita di Aristofane (non un semplice grammatico, ma uno famosissimo). Perché questi dettagli? Perché i signori in pensione indossano lo stesso giubbotto? Perché ai margini dell'aiuola ci sono quelle due bizzarre colonne spezzate? Perché i mesi con la erre sono traditori? E perché esiste l'universo?

Coriandoli nella birra

Esco di casa alle quattro del mattino, faccio qualche passo e incontro una chiazza di vomito sul marciapiede. Per qualche secondo rimango fermo a guardarla. Mi sembra quasi una creatura viva, che possa contraccambiare il mio sguardo. È una sostanza semipastosa di colore bruno-verdastro, nella quale galleggiano brandelli più scuri e anche qualcosa di arancione (forse dei resti di carote?). Il vomito possiede la capacità di suscitare empatia: per un attimo anch'io devo soffocare un conato, quando mi arriva un effluvio di bile, succhi gastrici e birra, misto a un vago odore di dignità perduta. È un riflesso potente: perfino mentre digito queste parole sulla tastiera del computer, devo tenere a bada i miei recettori esterni, perché non portino l'ordine di rilascio ai neuroni nel tronco dell'encefalo.

Be', per il momento siamo al secondo paragrafo e non sto vomitando. Nemmeno voi, spero. Dopo aver cautamente aggirato la chiazza, mi dirigo verso il centro della città, che da lontano si annuncia con un boato.

È la notte tra sabato e domenica. Bellinzona è blindata e sorvegliata da squadre di agenti della sicurezza: le notti del carnevale Rabadan sono pericolose. In passato mi è capitato di viverle nell'ordine giusto, cominciando cioè dalla sera e arrivando fino alle ore piccole; quest'anno mi sono detto: perché non fare due passi fra le quattro e le cinque del mattino, per afferrare l'atmosfera del Rabadan con mente fresca? Magari potrei finalmente comprendere quella scintilla, quell'accensione segreta di allegria che ancora non sono riuscito a cogliere, pur avendo partecipato a decine di carnevali.

Prima di avvicinarmi al recinto che chiude la città, incrocio una coppia con il costume abbinato: Coniglio e Coniglia, con le orecchie lunghe, un batuffolo di coda e i baffi dipinti sulle guance. Stanno litigando, mentre camminano ai due lati opposti della strada. Provo un certo imbarazzo mentre passo in mezzo. Coniglia sta accusando Coniglio di essere troppo geloso e nessuno dei due risponde al mio cenno di saluto. Qualche minuto dopo incontro una ragazza esile e bionda, con un costume scintillante di lustrini. Se ne sta accasciata addosso a un muretto e ha gli occhi un po' vacui, perciò oso chiederle: «Tutto bene?». Lei mi guarda e risponde stancamente: «Vaffanculo».

Proseguo verso il centro. Vaffanculo, penso, che bell'inizio. Ecco cosa succede a parlare con le ragazze esili e bionde intorno alle quattro del mattino. Vaffanculo. Niente da dire, me lo merito. Prima di partire mi sono documentato leggendo Zygmunt Bauman, che usa addirittura la parola «fratellanza». Dopo aver sottolineato come il carnevale tenga a bada le «ansie dell'individualità» con una gioiosa marea di «identicità indifferenziata», Bauman spiega infatti che «la funzione (e il potere di seduzione) del carnevale liquido-moderno risiede nella rianimazione momentanea di una fratellanza sprofondata nel coma. Carnevali di questo tipo sono affini a "danze della pioggia" e sedute spiritiche, in cui la gente si tiene per mano ed evoca il fantasma della comunità deceduta». Be', non dico che volessi tenere per mano la esile ragazza bionda, ma non era nemmeno mia intenzione evocare un «vaffanculo». È andata così, non ci pensiamo.

Mentre mi unisco alla fratellanza che invade le vie di Bellinzona, rifletto sulla forma di questo divertimento. Secondo me si sviluppa in due nodi di tensione:

1. tensione fra proiezione esterna (PE) e discesa nell'intimità (DI);

2. tensione fra violenza sfrenata (VS) e desiderio profondo di relazioni (DP).

1. PE / DI

La Proiezione Esterna sta nel modo in cui ci stacchiamo dal nostro io, lasciandoci condurre dal ritmo della musica e delle luci, rassicurati dalle canzoni che si ripetono uguali anno dopo anno. Poi c'è la meraviglia, l'incanto di vedere le strade di ogni giorno animate da maschere, volti dipinti, animali antropomorfi, personaggi storici, mostri, fate. Il carnevale ci spinge a uscire, a muoverci. Forse, a pensarci bene, anche la chiazza di vomito si può annoverare fra le proiezioni (o deiezioni) esterne.

La Discesa nell'Intimità, dopo una certa ora, s'insinua negli individui dispersi: li vedi sulle gradinate, o appoggiati contro un muro come la ragazza del vaffanculo. Non sono semplicemente ubriachi; credo che in un angolo del loro inconscio si siano accorti che, nonostante le reiterate danze della pioggia, la siccità non accenna a diminuire. Qualcuno si chiude in una cabina telefonica. Un ragazzo vestito tutto di nero se ne sta accovacciato con la testa fra le mani accanto a una coppia che si bacia solennemente. Un uomo di mezza età è rimasto bloccato nell'autosilo e da dietro la grata implora un agente di farlo uscire. «Non posso», risponde quello. L'uomo allora si stringe nelle spalle e dice «Tanto fra poco finisce tutto, no?». Poi torna nelle viscere della terra.

2. VS / DP

La Violenza Sfrenata sono le risse, ma non solo. A un certo punto mi vengono addosso quattro o cinque energumeni che se le danno di santa ragione, tanto che rischio di prendermi qualche pugno anch'io. Gli agenti della sicurezza bloccano i più facinorosi, in particolare uno travestito da frate e un altro che, con un abito da leopardo, grida «Ti ammazzo, zio, giuro che ti ammazzo» all'indirizzo di un uomo con il costume zebrato (il che rispetta in un certo senso le leggi di natura). Il carnevale può spaccare le amicizie, incrinare o frantumare le coppie. «Se non prendi questo treno», sibila al telefono un uomo stempiato, coperto da un poncho messicano, «con me hai chiuso, no, dico sul serio, hai chiuso!».

In generale, c'è un gran perdersi e telefonarsi e ritrovarsi per poi perdersi di nuovo. Nelle ore che precedono l'alba, con il cumulo crescente di rifiuti, aumenta il Desiderio Profondo di avere qualcuno accanto. Una ragazza in coda al chiosco delle piadine chiacchiera con un gruppo di amici, mentre specifica gli ingredienti e nello stesso tempo digita due messaggi, che riesco a leggere da dietro le sue spalle. SMS 1: «Sam ho tanta voglia di vederti»; SMS 2: «Vorrei davvero dormire abbracciata con te».

In questo incrocio di tensioni, c'è chi tenta di prolungare la notte. Dopo le tende, dopo le Guggenmusik, restano i locali notturni come il Chupito o La Clava.

«Dài ragazzi», supplica uno vestito da pollo, con il pomo d'Adamo che si muove frenetico, «non fate i bastardi, dài, nemm al Chupito», continua a ripetere, come in una cantilena, «nemm al Chupito, nemm al Chupito, oh, raga, dài, nemm al Chupito». Sono gli ultimi sussulti della festa, gli ultimi abbracci prima del disgregamento, quando ognuno camminerà da solo sulle strade vuote che portano alla quotidianità. E io, che sono qui nel cuore della festa? Per me è diverso: sono già solo. Mi si avvicina un orso rosa, mi chiede se ho una sigaretta. «Te la pago», mi assicura, «te la pago due franchi, eh, mica te la voglio rubare». Gliela venderei volentieri, ma non ne ho. «Non c'hai neanche una canna, eh?». No, mi spiace. E l'orso rosa si avvia sconsolato.

So che il carnevale ha molte facce. Forse io non sto contemplando la migliore. Ci sono i bambini che gettano i coriandoli – anch'io mi travestivo da cowboy – ci sono le famiglie, i nonni, i risotti in piazza. Ma credo che pure in queste manifestazioni diurne, per così dire, si celino le tensioni che ho elencato sopra. Il carnevale presenta sempre una frattura tra esteriorità (anche solo nel concetto di maschera) e interiorità. Non manca neppure la violenza, intesa come trasgressione e improvvisa interruzione della routine, così come il desiderio profondo di relazione, che ci rende difficile essere e restare soli mentre fuori echeggiano i petardi e le fanfare.

Entro ed esco dalle tende, percorro il viale cosparso di immondizia. Sempre di più la solitudine mi avvolge come un telo impermeabile, o meglio, come un blocco di ghiaccio che mi separa dal mondo. Sono sobrio, indosso un paio di jeans, una giacca, una sciarpa. Non conosco nessuno. La mia sensazione supera il qui e ora, mi fa percepire tutto l'irrimediabile peso del mio essere me stesso. Mi accorgo che sto accelerando il passo, come se la velocità potesse vincere l'angoscia. Sorprendo stralci di conversazione: aneddoti, saluti, beghe fra innamorati, qualcuno che si lamenta di avere i coriandoli nella birra, scoppi di risate.

Per terra scorgo un paio di ali rosse, abbandonate come un cuore infranto. Penso alla fatina o alla farfalla o al diavoletto che le ha smarrite. Senza volare, come farà a uscire da questo recinto? Come combatterà la sua lotta contro la solitudine? Quale via misteriosa percorrerà per trovare una mano tesa, una persona con cui condividere la fatica di vivere?

Anch'io sperimento sulla mia pelle le tensioni del carnevale. Soffocato dalla folla, chiuso nel ghiaccio, mi sento colmo di violenza. Quando l'orso rosa torna alla carica, dicendo che può pagarmi anche tre franchi, mi viene voglia di prenderlo a sberle – ne sono io stesso sorpreso, ma è così (VS). Nello stesso tempo ho nostalgia di tutte le persone che conosco, e ho la sensazione di esserne ormai lontano, di essere definitivamente murato nella mia identità (DP). Fuori di casa, fuori dagli orari normali (PE), cerco rifugio nel gesto solitario del camminare, affinché mi ripari dai pensieri più oscuri (DI).

Esco dai confini del Rabadan, lasciandomi indietro le sbarre, come una scimmia che fugga da uno zoo. Mi allontano dalla cittadella blindata, ma la tristezza non mi abbandona. Arrivato a casa – il quartiere è immerso nel sonno – metto gli auricolari e ascolto il sax di Sonny Rollins. Il suo assolo in *Serenade* mi pare come un grido, come un riassunto di ciò che si annida in fondo all'anima. Rollins ha inciso questo brano a 76 anni: benché la sua voce ruvida sia carica di esperienza, lui è ancora capace di scherzare, con eleganza e perfino con una punta d'impertinenza. Il brano conserva la delicata tenerezza dell'originale, composto da Giovanni Drigo ed eseguito il 10 febbraio del 1900 al palazzo degli zar a San Pietroburgo. Grazie a Rollins la musica si arricchisce di ironia, di swing, e diventa per me un canto di dolore e speranza, posto come suggello a questa notte di coriandoli nella birra e ali di farfalla smarrite.

PS: Ecco la formula che ho cercato di mostrare in questo articolo (dopo la somma delle due frazioni-tensioni, ho aggiunto un differenziale-imprevisto, perché a carnevale non si sa mai che cosa possa accadere; AC = Atmosfera Carnevale).

$$\left(\frac{PE}{DI}+\frac{VS}{DP}\right)\times \Delta I = AC$$

PPS: Le parole di Bauman provengono da *L'etica in un mondo di consumatori*, pubblicato da Laterza nel 2010 con la traduzione di Fabio Galimberti. *Serenade* si trova nel disco *Sonny, please* (Doxy, 2006); Rollins l'ha interpretata regolarmente fino a ottant'anni e oltre nei concerti dal vivo.

Andrea, Andrea

Ogni tanto, quando intorno a me tutto tace, ho l'impressione di udire una voce che mi chiami. È una sensazione che provo fin da bambino. Credo che la memoria abbia registrato tanto spesso quel richiamo «Andrea!» che talvolta lo riproduce senza motivo, come un'allucinazione sonora. Oppure, forse, è così che si comincia a diventare matti. Ma il paragone con un miraggio non è del tutto appropriato. In realtà so che nessuno mi sta chiamando; semplicemente, ho l'impressione che nel silenzio qualcosa dica: «Andrea, Andrea».

Mi chiedo se non sia un modo con cui una parte di me stesso voglia mettermi in guardia: una sorta di sentinella interna per svegliare l'attenzione. Ho trovato un'esperienza simile in un'antica e fulminea poesia persiana; eccone una traduzione libera:

> La notte scorsa all'orecchio una voce mi ha sussurrato:
> «Non esiste una voce che all'orecchio di notte sussurri».

Qualche giorno fa stavo camminando in una strada di case nuove, parcheggi privati e prati verdi cosparsi di giochi. Il cielo era nuvoloso. A un certo punto, ecco la voce: «Andrea, Andrea». Alzando gli occhi, ho visto una catapecchia dal tetto in rovina, come se un meteorite ci fosse rimbalzato sopra. Ho pensato: se davvero una voce mi chiamasse, di sicuro proverrebbe da lì. Mi sono avvicinato. Tra le case nuove e la catapecchia c'era una recinzione. Non si vedeva nessuno, ma la porta era socchiusa e c'era una finestra aperta. Sono rimasto fermo per un minuto, poi mi sono allontanato: se sulla soglia fossi comparso io stesso e mi fossi guardato, non avrei saputo che cosa dirmi.

A poca distanza da quella via, in un prato cosparso di pozzanghere e pali che annunciano future costruzioni, si era accampato un luna park. Qualche volta da bambino mi è capitato di andare alle giostre, ma le macchine che sollevano e sballottano non mi sono mai piaciute. Mi affascinano invece i giostrai: come gli zingari o i circensi, sono rimasti fra i pochi a scegliere una vita nomade in un paese e in un'epoca dove, sempre di più, chi non è stanziale viene guardato con sospetto.

Ho varcato la soglia del luna park con la segreta speranza che potesse avverarsi la promessa implicita nel nome: un mondo lunare, dove le cose di quaggiù si rovescino e appaiano sorprendenti. Avevo in mente la scena dell'*Orlando furioso* in cui il paladino Astolfo, giunto sulla luna in groppa all'ippogrifo, si accorge che lassù tutto ricorda la terra, ma tutto è misteriosamente diverso.

> Altri fiumi, altri laghi, altre campagne
> sono là su, che non son qui tra noi;
> altri piani, altre valli, altre montagne,
> c'han le cittadi, hanno i castelli suoi,
> con case de le quai mai le più magne
> non vide il paladin prima né poi:
> e vi sono ample e solitarie selve,
> ove le ninfe ognor cacciano belve.

Astolfo si addentra nel vallone delle cose perdute, dove si raduna tutto ciò che perdiamo sulla terra: desideri, soldi, amori, gloria, bellezza, giorni e giorni che ci sfuggono tra le mani. Nel vallone Astolfo trova un'ampolla che, sotto forma di vapore, contiene la ragione di Orlando, impazzito per amore.

Io, invece, ho trovato una macchina del tempo (ma non ho osato entrarci), un ruscello dove nuotavano paperelle di plastica, una specie di enorme altalena, diverse prove di forza, una piattaforma girevole, un tirassegno, una bancarella chiamata *King of the road* dove si vendevano *plaques fantaisie*. Quest'ultima era uno smercio di targhe (in vendita da quindici a sessanta franchi). Ognuna di esse mi pareva pronta a raccontare una storia: quale genere di uomo o di donna potrebbe mai acquistare una targa con il logo della Volkswagen e la scritta PITBULL? Oppure una con il nome LUIGGI (sic) accanto a un coniglietto? Ho provato a immaginare il tipo umano che potrebbe farsi ingolosire da una targa con la scritta EL TERROR e il disegno di un dito medio alzato... be', di sicuro sarebbe una storia interessante.

Nell'aria c'è un impasto di suoni elettrici e grida, voci amplificate («adesso andiamo più veloci, state pronti!») e canzoni che si ripetono (in particolare, riconosco la versione tedesca di un brano tratto dal film *Il libro della giungla* della Disney). Non ho visto «ample e solitarie selve / ove le ninfe ognor cacciano belve»; una belva però c'era, nella baracca del tirassegno: una tigre di peluche, appoggiata di fianco a un grande cuore rosso. Passando, ho incrociato il suo sguardo e per un attimo mi è venuto il sospetto che fosse lei a chiamarmi: «Andrea, Andrea». Ma c'era troppa gente per rispondere, così ho tirato diritto e mi sono fermato a osservare gli autoscontri. C'erano gli stessi personaggi di sempre: la Mamma Malvagia (che si accanisce contro chiunque trovi sulla sua strada), il Nonno Pazzo (con accanto una nipotina terrorizzata), l'Adolescente Solitario (a caccia di prede), le Ragazzine Isteriche (possibili prede), i Coniugi Killer (su due macchine diverse, cercano di colpirsi fra di loro: non si capisce se per odio o per amore).

Prima di andarmene, m'inoltro nel labirinto degli specchi. L'impresa è ardua perché, sebbene abbia un aspetto assai rudimentale, si tratta pur sempre di un labirinto: nella sua conformazione assomiglia tanto alla nostra vita (oltre che all'*Orlando furioso*) da non poter essere preso alla leggera. Dopo qualche passo mi pare di essere in un limbo. Vedo i genitori che dall'esterno incitano i propri figli, vedo i ragazzini che intorno a me guizzano come trote in un torrente, vedo una fanciulla che picchia una testata contro uno specchio. Ma quando mi trovo nel mezzo capisco che, anche se volessi balzare fuori, non potrei: per trovare la via sono costretto a seguire le regole del labirinto.

Nel punto più lontano dall'uscita, dove si nasconde il Minotauro, intuisco ciò di cui si deve essere accorto anche Teseo: il Minotauro sono io. Sono io che dal cuore del labirinto chiamo me stesso «Andrea, Andrea» perché finalmente mi trovi e mi riconosca. Forse dentro ogni eroe, dentro ogni persona esiste una voce che chiama, che continua a chiamare con dolcezza ma con insistenza, come un timore, come una promessa. Che cosa cerca, il Minotauro? La morte, la redenzione, qualcosa che possa medicare la solitudine? È difficile saperlo. Dopo gli specchi deformanti, finalmente, eccomi all'uscita. Mentre mi allontano, mi torna in mente una delle mie poesie preferite, *Paura seconda*, di Vittorio Sereni:

> Niente ha di spavento
> la voce che chiama me
> proprio me
> dalla strada sotto casa
> in un'ora di notte:
> è un breve risveglio di vento,
> una pioggia fuggiasca.
> Nel dire il mio nome non enumera
> i miei torti, non mi rinfacciai il passato.
> Con dolcezza (Vittorio,
> Vittorio) mi disarma, arma
> contro me stesso me.

Prima di uscire passo accanto alla grande altalena, che compie un giro completo fra gli squittii dei passeggeri. Li vedo dal basso: qualcuno è teso, rigido, qualcun altro ride, qualcuno tenta di mantenere un contegno. Il gestore fuma una sigaretta, con gli occhi fissi alle montagne, indifferente agli strilli che provengono dalla macchina. Incrocio per un attimo il suo sguardo e sono sicuro che una voce, da qualche parte, sta chiamando pure lui.

PS: Sopra ho parlato di «pali che annunciano future costruzioni». Tecnicamente, nella Svizzera italiana si usa la parola «modina». Lo scopo delle modine è appunto quello di disegnare nell'aria il futuro, indicando il volume che occuperà (o che occuperebbe) l'edificio per il quale è depositata una richiesta di costruzione. Chi desidera cambiare il futuro, può inoltrare ricorso.

PPS: La poesia persiana è citata da Jean-Claude Carrière in *Le cercle des menteurs* (Plon, 1998). L'ottava di Ariosto è la numero settantadue del trentaquattresimo canto dell'*Orlando furioso. Paura seconda* è tratta dalla raccolta del 1981 *Stella variabile* (si trova anche in *Poesie*, Mondadori, 1996).

III.

La parola «cielo»

«Nessuno che conosca il cuore segreto dell'orologio», scrive Elias Canetti. E nessuno conosce la data in cui finalmente l'acqua sgorgherà dalla fontana nell'anonima piazzetta. Come ogni mese guardo, ascolto, cerco di captare il passaggio del tempo. Oggi mi ha dato una mano Elias Canetti, con gli appunti annotati fra il 1972 e il 1985 e raccolti nel volume *Das Geheimherz der Uhr* (*Il cuore segreto dell'orologio*, Adelphi, 1987).

«Ciò che si è visto una sola volta non esiste ancora. Ciò che si è sempre visto non esiste più». Forse il metodo, interpretando questa frase di Canetti, è vedere come se fosse la prima volta e poi tornare a rivedere, a misurare il cambiamento. In gennaio nessuno ne parlava ancora, e nemmeno in febbraio; ma stavolta i pensionati in fila sulla panchina mettono a tema l'argomento: quando si deciderà il Comune ad avviare la fontana?

Alcuni ragazzi aspettano l'autobus, la strada vicina è percorsa dalle automobili. Da un finestrino aperto esce una canzone ad alto volume: «Un sacco di gente là fuori sogna cose che non esistono, e ha aspettative altissime da cui...» e la voce del rapper sfuma tra i motori. Sulla panchina di fianco a me si siede una signora di mezza età con un cagnolino al guinzaglio. Ci salutiamo. Lei mi domanda se mi piacciano i cani. «Devi prenderne uno», mi dice, «tengono compagnia». Mi spiega che la sua cagnolina ha già diciassette anni, ma è ancora in forma. «Come si chiama?» le domando. «Maddalena», mi risponde, «ma per fare prima la chiamo Aisha».

Mentre medito su queste parole, noto che c'è fermento tra i signori della panchina alla mia destra: uno di loro sta mostrando un video sul cellulare. Vorrei chiedergli di che si tratta, ma non oso, anche perché nel frattempo, a sinistra, altri due signori stanno discutendo di una faccenda spinosa. «Lui me lo disse a me che non era cosa da fare!» esclama il più vecchio, con accento siciliano. L'altro bofonchia parole che non capisco, mentre il vento scuote le bandiere, i cespugli, i capelli dei pensionati, le pagine del taccuino.

Arriva un tizio massiccio, in bicicletta. Assicura il veicolo con un lucchetto gigantesco, che potrebbe incatenare un'automobile, precisando che in città c'è una banda di ladri, ma che lui certo non si fa fregare. In mano ha una lattina di birra, e sembra avere idee limpide su molte cose; per esempio, il numero di amici che un uomo deve avere nella vita. «Al massimo tre», confida alla mia vicina. «Tre amici è già tanto. Gli altri sembrano amici, ma sono sconosciuti».

Un uomo magro si aggiunge al nostro gruppo, lamentandosi dei giovani manovali che lavorano con lui sui cantieri. «Qui in Svizzera se un uomo ha trent'anni è ancora un bambino», borbotta con un lieve accento straniero. «Al mio paese, avevo venti anni ed ero un uomo». Salta poi fuori che, fra le varie professioni, è anche meccanico di biciclette. La signora con la cagnolina gli chiede se può gonfiarle le gomme della bici. Lui promette che lo farà e spiega di avere studiato un po' di tutto: «Sono medico, giardiniere, muratore, ginecologo, so fare molte cose, questo è il mio lavoro». Poi si lamenta che in Svizzera ci sono troppe tasse: «Qua devi pagare anche quello che camminiamo!». L'uomo con la lattina di birra annuisce e sorride, come se si fosse appena ricordato di una cosa divertente.

I vecchietti nel frattempo tengono d'occhio i passanti. Di ognuno conoscono il lavoro, la situazione famigliare, perfino gli orari di arrivo nella piazzetta («Ah, guarda chi c'è! Sì, ma oggi è in ritardo...»).

Il sole va e viene dietro le nuvole, mentre un ragazzo racconta a un amico che la sera prima hanno fatto una cena tra amici, divorando trenta chili di costine. Passa una famiglia con il passeggino, una coppia molto anziana con le scarpe da ginnastica nuove, una bambina su una bicicletta rosa. La bambina, con le sue evoluzioni intorno alla fontana, suscita l'approvazione dei pensionati. «Ma guarda come pedali bene! E che bella bicicletta che c'hai!». Il sole si fa più basso e tagliente, quanto basta perché la mia vicina indossi un paio di occhiali scuri, prima di versare un po' d'acqua in una ciotola per il cane.

Leggo un fulmineo racconto di Elias Canetti: «Egli parla rivolgendosi al sole, e la bambina ascolta. Adesso parla la bambina, e lui ode il sole». Mi sembra una bella storia, anche se non l'ho capita (ma ci sono storie che è bello non capire). Muovo lo sguardo dalla bimba in bicicletta verso il sole, mentre la mia vicina spiega all'uomo con la birra che per lei tre amici sono anche troppi. «Io sto con Aisha», dice. Accarezza la bestiola. «È lei la mia amica».

Uno dei vecchietti tossisce, un altro dice che quest'anno la primavera arriva presto, un terzo domanda quando apriranno la fontana. Ho la sensazione che il tempo proceda per strappi minuscoli, per impercettibili scosse di assestamento. Uno potrebbe passare qui il pomeriggio e alla fine avrebbe l'impressione di non aver visto niente, di aver sentito sempre le stesse parole. Invece il paesaggio è più meraviglioso e terrificante del Grand Canyon o delle nevi dell'Himalaya: intorno a questa fontana spenta si sta mostrando semplicemente la vita nella sua profonda quotidianità, la vita fedele e implacabile, nella sua straziante normalità.

Girano le nuvole sopra i palazzi, si allungano le ombre, il traffico scorre incessante sulla strada, dove ogni tanto si ferma un autobus. Un signore in giacca e cravatta si sposta e cambia panchina, per mettersi al sole. La bambina con la bicicletta rosa fa un ultimo giro e se ne va. «Guarda che cielo», dice l'uomo con la lattina di birra. «È sicuro, domani piove! Ma no che devo lavorare», gli risponde il meccanico-medico-muratore-giardiniere. Maddalena, detta Aisha, agita la coda implorando un biscotto. Il signore al sole distende le gambe e allenta il nodo della cravatta. Io leggo il mio libro. «Anche dopo tutto quello che è già piovuto di lassù, egli non rinuncia alla parola "cielo"». Arriva una ragazza vestita di nero e saluta il giovane mangiatore di costine. «Ma quando l'apriranno questa fontana?» gli domanda. «Chi lo sa», interviene l'uomo con la birra, «chi lo sa».

Z

La casa è molto vecchia, con i muri di colore ocra e le imposte verdi. Dietro, comincia subito la montagna. Fra i cespugli e le rocce, una baracca che alloggia cinque grossi conigli. In alto, dove il pendio è più scosceso, la terra è umida: sotto il suolo si nasconde una sorgente. L'operaio portoghese che alleva i conigli sta lavorando per riportarla alla luce. È probabile che all'inizio del Novecento la fonte scorresse fino alla vasca di una fontana presso la casa. Ancora oggi nel quartiere si dice che fosse un'acqua fresca e buonissima, tanto che da lontano venivano al numero 14 di Via Nocca, a Ravecchia, per riempire otri e bottiglie.

L'operaio ogni tanto si arrampica sul pendio e appoggia delle assi contro il terreno, per evitare che la montagna frani sul pollaio. Qualche settimana fa, fermandosi un momento a riposare, ha notato qualcosa di strano in una lastra di pietra. Si è avvicinato e, osservando meglio, ha scoperto che qualcuno aveva inciso una parola. Mettendo il dito nei solchi è riuscito a leggere. Era un nome: FAZIOLI, scritto con la z al contrario.

Incuriosito, l'operaio ne ha parlato con il proprietario della casa. Questi si è ricordato che, più o meno cento anni fa, in quella casa viveva il mio bisnonno Benvenuto Fazioli con la sua famiglia. A quindici anni, Benvenuto era partito da Cremona, balzando su un treno in cerca di avventura. Per un po' visse a Zurigo, poi si trasferì nel Canton Ticino. Mio nonno Luigi nacque a Bellinzona, proprio in Via Nocca, e abitò al numero 14 fino all'adolescenza.

La casa è sempre la stessa, costruita a ridosso della roccia. Le cantine profonde e silenziose si addentrano nella montagna. Muovendo un passo nell'oscurità, ho l'impressione di venire accolto nella caverna senza tempo dove giacciono le cose che sono passate e quelle che devono ancora venire. Le pareti si perdono nel buio. Si percepisce che poco distante, nel cuore della terra, sgorga la sorgente, la stessa sorgente che ancora dipinge di verde l'erba e gli alberi e le montagne. La stessa che ogni anno accoglie la primavera. La sorgente che attraverso segni impercettibili suscita la trasformazione del mondo.

Anche il mio bisnonno, o uno dei suoi figli, volle lasciare un segno. La z al contrario fa pensare che a scrivere sia stato un ragazzino, oppure un adulto non pratico di ortografia. Anch'io, forse perché sono mancino, ho passato anni a rovesciare la z. Talvolta mi prende ancora la tentazione di partire da destra e scivolare verso sinistra, per poi scendere in diagonale e scivolare di nuovo a sinistra. Se ci penso, per me la zeta non è mai stata una consonante facile. Non lo è nemmeno oggi. La digito sulla tastiera del computer: z. Sembra inoffensiva. Semplice. Perfino banale, con quegli angoli acuti e quella vibrazione sonora: z z z. Ma dentro di me, la vivo al rovescio.

Cento anni fa, vicino al canale con l'acqua fresca, quel lastrone di pietra sembrava un luogo propizio. Il mio antenato si avvicinò e con lo scalpello incise il suo nome. Poi, giorno dopo giorno, continuò a vivere secondo il ritmo inesorabile che pare fermo e che ti porta via: lavoro, riposo, disgrazie, gioia, domande, il profilo delle montagne, lo zoccolio dei cavalli, l'intreccio di voci al mercato, il fischio dei treni, il ronzio delle macchine all'officina, le voci dei figli sempre più spesse, poi le voci sottili dei nipoti, poi di nuovo l'estate, l'autunno, l'inverno, la primavera, fino al silenzio.

Si sarà dimenticato del cognome inciso nel sasso? Qualcuno gli avrà detto della z al contrario? Al momento di scomparire avrà pensato al fruscio della sorgente nelle notti estive, al rombo dei temporali, alla rugiada, al ghiaccio abbagliante delle mattine d'inverno? E prima di chiudere gli occhi, si sarà chiesto perché c'è qualcosa invece di niente?

Passano i decenni e nel quartiere abitano ancora dei Fazioli. Qualcuno è riuscito a raddrizzare la z, qualcuno – come me – tende ancora al rovescio. La fontana è sempre lì, così come la sorgente, acquattata nel sottosuolo. Gli attuali Fazioli del quartiere, dai settanta ai cinque anni, non sono troppo diversi da Benvenuto, Ernesto, Albina, Luigi, Bruno, Rina (chiunque fra loro abbia inciso il nome nella pietra). Anche noi viviamo i giorni come novità e come ripetizione, anche noi percepiamo il fluire delle cose. Il tempo misurato con gli iPhone è sempre lo stesso che ticchettava dentro la pendola del salotto buono, dove si entrava in punta di piedi due o tre volte l'anno.

Tutto ciò che rimane, di quel Fazioli che incise il nome sulla pietra, è proprio il nome scalpellato (più qualche manciata di polvere giù al cimitero). Per anni e anni la scritta si confuse tra i sassi e i cespugli, si consumò, scomparve, venne quasi inghiottita dalla montagna. Poi arrivò un uomo dal Portogallo, apparvero i conigli, ed ecco che oggi quel nome torna a comunicare.

Che cosa significa? Chissà. È mai possibile trovare il significato ultimo di un testo, di qualsiasi testo? Forse era un modo per dire «esisto», o «abito qui», oppure «ho scavato questo canale» o magari «pensate a me, quando passate da queste parti», o anche «eccomi», «sono vivo», «sono innamorato», «mi sto annoiando», «mi piace quest'acqua fresca», «chi sono io?». È una voce che arriva dal passato, ed è più efficace di una macchina del tempo. Probabilmente il segno vuol dire tutte queste cose, e altre ancora.

Per questo la creatività è un gesto pericoloso. Quando si lascia un segno, di qualunque tipo, esso può resistere alla consunzione e all'oblio. Scrivere è un atto che implica responsabilità: quando tutto sembra avvolto nella penombra, le nostre parole appaiono nella mente di un'altra persona, distante nello spazio o nel tempo, e portano con loro domande, segrete ribellioni, paesaggi, la promessa di un'azione. Le parole scavalcano la mente, percuotono i sensi e s'infilano nell'anima, dove trovano un rifugio per maturare lentamente, come il vino nella cantina di roccia. Le parole diventano parte di noi e ci aiutano a ridere, a piangere, a resistere. A vivere, insomma; ad affrontare i giorni in cui la z si presenta inesorabilmente diritta e a capire il mistero dei giorni in cui ci mostra una faccia che non comprendiamo. Una faccia assurda? Misteriosa? Spero di avere ancora un po' di tempo per riflettere su tutto questo.

FASOLI

I lampi della magnolia

Ogni tanto bisognerebbe prendersi il tempo di sedersi accanto a una statua. L'esperienza comporta qualche rischio, ma è senz'altro proficua. Quando mi fermo su una panchina o sopra un muretto ai bordi di una piazza, tutto è più semplice. Ai piedi di una statua, invece, sono costretto a fare i conti con una duplice realtà: le persone che si muovono e parlano intorno a me; la figura di bronzo che sta muta appena sopra di me. All'inizio pare una cosa inoffensiva ma poi, con il passare dei minuti, comincio a sentirmi preso in mezzo. La gente chiacchiera, mi restano appiccicati pezzi di conversazione: «Le giornate diventano più lunghe»; «Ma se è stato lui a dirmi di farlo!»; «E c'è anche la cucina abitabile?». Nel frattempo la statua tace, come sanno fare solo le statue, e quel silenzio mi rimane addosso, mi entra sotto la pelle.

Di recente ero di passaggio a Berna e ho scambiato due parole in silenzio con la statua di Adrian von Bubenberg a Hirschengraben. Mi sono seduto accanto a due ragazze che mangiavano insalata e granturco da piccoli contenitori di plastica. Davanti a me transitavano uomini e donne in bicicletta (con giubbotto catarifrangente), bambini al ritorno da scuola, tram dal colore rosso squillante. Adrian stendeva la sua mano su di me. In un primo tempo, intento nel trambusto della piazza, non mi sono accorto di niente. Poi mi è parso di capire che la statua mi stesse tacitamente dicendo qualcosa. Ho alzato lo sguardo.

«...» ha detto Adrian.

Dopo un secondo di esitazione, gli ho risposto:

«...»

Allora lui ha sentito il bisogno di aggiungere:

«...»

Come non essere d'accordo? Abbiamo parlato ancora un po'.

«...»

«...»

In quel momento non avevo idea di chi fosse Adrian von Bubenberg. Sapevo soltanto che era nato nel 1434 e che era morto nel 1479. Sul fianco del monumento c'era una scritta: SO LANGE IN UNS EINE ADER LEBT GIBT KEINER NACH. Non so se l'ho capita: qualcosa sul sangue che scorre e sulla resistenza. Ma non c'è bisogno di conoscere una statua per parlarci insieme.

Questi attimi strappati al fluire di una giornata sono preziosi perché consentono di lanciare un'àncora. Il tempo come sempre porterà via la maggior parte dei gesti e dei pensieri, ma ciò che s'intuisce sedendo sotto una statua, chissà come, finisce per restare nel cuore un po' più a lungo.

Ero a Berna per incontrare Yari Bernasconi, con il quale avrei tenuto una conferenza all'Università di Friburgo, invitati dal professor Uberto Motta. Ci siamo seduti in un bar, a poca distanza dalla statua, e abbiamo lavorato alla costruzione di un percorso che, fra poesia e prosa, ci aiutasse a spiegare (prima di tutto a noi stessi) il nostro lavoro di scrittori.

Più tardi, davanti agli studenti e agli insegnanti, abbiamo letto alcune poesie di Yari e pagine dei miei romanzi, cercando di scovare qualche rintocco, qualche segno che avessimo lavorato sullo stesso terreno. Mi è sembrato che gli studenti cogliessero il tentativo di condividere aspetti e problemi concreti dei nostri laboratori personali. In particolare, il discorso è scivolato sulla scrittura come processo di conoscenza, come cammino verso una migliore comprensione di noi stessi e del mondo.

Una ragazza ha alzato la mano e ci ha chiesto: «Ma quando scrivete vi sentite a casa?». Una domanda profonda, difficile. Di certo scrivere, così come anche leggere, significa essere a casa, ma forse bisogna stare attenti a non sentirsi troppo a proprio agio: talvolta le case possono diventare trappole.

In compenso, può capitare di sentirsi a casa in luoghi inaspettati, in circostanze imprevedibili. Come scrittori, è difficile talvolta vestire di parole questi momenti; tuttavia riconoscere quei luoghi e quelle circostanze è già un atto poetico, nel senso esistenziale del termine. Sono epifanie minime, come quelle che ci regalano le statue. Durante la conferenza, abbiamo letto una lirica di Franco Fortini intitolata *I lampi della magnolia*:

> Vorrei che i nostri occhi potessero vedere
> questo cielo sereno che si è aperto,
> la calma delle tegole, la dedizione
> del rivo d'acqua che si scalda.
>
> La parola è questa: esiste la primavera,
> la perfezione congiunta all'imperfetto.
> Il fianco della barca asciutta beve
> l'olio della vernice, il ragno trotta.

Diremo più tardi quello che deve essere detto.
Per ora guardate la bella curva dell'oleandro,
i lampi della magnolia.

Non è necessario trovare subito la voce («Diremo più tardi quello che deve essere detto»), sebbene il tendere all'espressione sia in sé già un'espressione. In questo caso il lampo della magnolia è abitato dalla poesia, e diventa un momento da salvare, con la sua «perfezione congiunta all'imperfetto».

Un paio di giorni dopo la conferenza, mentre di nuovo parlavo a un gruppo di studenti in un'aula scolastica (stavolta nella Svizzera italiana), dalla finestra mi ha raggiunto ancora il lampo di una magnolia. Allora mi è tornato in mente Adrian von Bubenberg. Sono andato sul sito dell'Archivio storico svizzero e ho scoperto che alla fine del XIX secolo ci fu «un'aspra controversia» in occasione della costruzione del monumento a Berna. Si discuteva se la statua dovesse raffigurarlo «quale prode cavaliere o piuttosto quale uomo di Stato a piedi (versione infine realizzata, inaugurata nel 1897)».

Alla fine dunque venne scartata l'idea di una statua a cavallo, forse per una riflessione simile a quella che esprime Elias Canetti in un suo aforisma: «Il più bel monumento equestre sarebbe un cavallo che avesse sbalzato l'uomo di sella». Adrian invece è ben saldo sulle sue gambe: sarà un uomo di stato, ma quella mazza chiodata in primo piano, sospesa com'era proprio sopra la mia testa, non mi sembrava un utensile adatto alle aule di un Parlamento (per quanto non si possa mai dire).

Nell'Archivio scopro anche che Adrian von Bubenberg «nel 1455 si recò con una propria truppa a Digione per partecipare alla crociata contro i Turchi, guidata dal duca Filippo il Buono di Borgogna ma poi annullata». Se conosco appena un po' l'indole nazionale elvetica, posso immaginare la stizza con cui Adrian avrà accolto l'improvviso annullamento della crociata (senza preavviso e senza clausola di rescissione). In generale il nostro Adrian ebbe una carriera politica turbolenta: a un certo punto cadde in disgrazia, ma poi fu chiamato alla difesa di Morat. Sotto la sua guida, la città resistette per dodici giorni all'assedio dei Borgognoni, che vennero infine sconfitti il 22 giugno 1476. Questo successo riavviò la carriera politica di Adrian, che probabilmente si ringalluzzì. Infatti leggo che «nel dicembre del 1478 guidò attraverso il San Gottardo la campagna bernese contro Bellinzona».

Ecco, questa è una provocazione. Ma come, io mi siedo pacifico sotto il ciglio della sua statua, e Adrian guida una campagna contro la mia città? Mi riprometto di tornare a Berna, presto o tardi, per rimproverare quella faccia di bronzo. Tanto, una cosa sicura delle statue è che in genere le ritrovi dove le hai lasciate.

Un altro monumento con il quale ho conversato per qualche minuto si trova a Mosca, in un quartiere periferico. Ricordo che qualche anno fa venni invitato in occasione di un festival a presentare una traduzione in russo di un mio romanzo. Sulla via del ritorno, mi fermai a mangiare in un Burger King. E chi scopro là fuori, condannato dalla storia a fissare senza scampo proprio l'insegna del fast food? Vladimir Lenin. È proprio vero che, in questo mondo, non c'è pace nemmeno per le statue.

IV.

Cacciavite a stella

Il mio desiderio è sempre lo stesso: appartenere a questa piazzetta, a questa umanità, anche solo per mezz'ora. Sono qui, sferzato dal vento d'aprile, e di fronte a me c'è il solito circolo di signori anziani che commentano l'equilibrio del mondo. Specialmente in un giorno come questo, l'equilibrio è precario: «Bisogna fare passi piccoli», dice uno dei pensionati a un secondo che sta per tornare a casa. Un terzo aggiunge: «Cammina piano, se ti prende il vento ti butta sulla strada!». Ma il vecchietto è sicuro di sé: alza il pollice, sorride, si calca il berretto sulla testa e si avvia controvento.

Nell'aria pulita i colori sono più squillanti: il rosso e il giallo delle aiuole; il verde e il bruno delle montagne; piccoli ciuffi di fiori bianchi davanti al rosso, al verde, all'arancione del semaforo; il giallo luminoso dell'autopostale; la giacca rossa di uno dei pensionati; il fucsia di un ciclista che attraversa la piazza come un'apparizione. In questa armonia variopinta, solo il vento canta fuori dal coro: arrivano raffiche forti, che portano freddo sotto i vestiti, scompigliano i capelli, muovono i rami degli alberi più alti e disegnano ombre scure, inquiete, come fantasmi usciti per sbaglio sotto il sole.

Sto leggendo *Il passaggio*, di Michael Connelly. La Los Angeles del detective Harry Bosch è assai diversa dalla mia piazzetta, ma dopo qualche pagina sembra farsi più vicina, forse per via del vento che fa immaginare spazi più vasti, forse per il popolo di fantasmi che affolla il pomeriggio. Il detective Bosch, mandato prematuramente in pensione, impiega il tempo riparando una vecchia Harley-Davidson che da anni ammuffiva nel suo garage. Mentre lavora, «con un cacciavite a stella in mano», ascolta musica jazz dallo stereo: *Naima*, eseguita dal John Handy Quintet, l'ode a John Coltrane scritta da Handy nel 1967. Non ho mai sentito il pezzo di Handy, ma conosco *Naima*, di Coltrane, e la dolcezza di quel canto, il suono limpido di quel sax mi evocano altri fantasmi ancora.

I vecchietti discutono di una partita di calcio. Il vento soffia via le frasi: riesco a cogliere solo qualche parola. Passa un'automobile, rallenta, si abbassa il finestrino. Appare il volto di un altro *habitué* della piazzetta, uno con la faccia rotonda e un paio di baffi folti color argento. Grida: «A lavorare!». Poi spalanca un sorriso sotto i baffi e se ne riparte tutto contento.

Le ombre continuano ad agitarsi. Dall'altra parte della strada, in un giardino, rotolano sedie bianche; accanto c'è la pubblicità di un Luna Park. Mi alzo e mi avvicino alla fontana. Finalmente hanno avviato l'acqua: qualche passero si ferma a bere un sorso, un piccione si fa un rapido bagno nel canale di scolo. Arriva una raffica più forte delle altre. Sento il *toc* di una pigna che cade, mi volto e la vedo lì, al centro di una chiazza di sole. Intorno le ombre danzano sempre più frenetiche.

Faccio una telefonata, poi torno sulla panchina e riprendo a rimontare il carburatore della Harley-Davidson insieme a Bosch. Mi piace l'abilità con cui maneggia il cacciavite a stella: in fondo è quello che fa anche Connelly, è quello che facciamo tutti, quando raccontiamo una storia. Si tratta di allentare viti, di sostituirne altre, di prestare attenzione a ogni gesto: «Se non avesse posato correttamente una guarnizione, non avesse pulito a sufficienza lo spruzzatore o avesse sbagliato una qualsiasi delle infinite operazioni da compiere durante il rimontaggio, tutto il suo sforzo non sarebbe servito a niente».

Certo, il cacciavite a stella aiuta; ma quando si destano i fantasmi ci vuole altro. Harry Bosch ne è perfettamente consapevole: il vero pericolo non è avvitare qualcosa di sbagliato, ma ignorare le ombre che abbiamo dentro, perdere quella sensibilità che ci rende in grado di fare bene il nostro mestiere. Bosch sa che il suo lavoro non è occuparsi di motori. Infatti, qualche pagina dopo, eccolo nella camera di uno squallido motel a ore, dove alcune settimane prima è stato commesso un omicidio. A che serve vedere quella stanza, quando ormai tutto è stato ripulito? Qualcuno glielo chiede: «Quello che volevo sapere è cosa ci fai lì». Bosch risponde: «Il mio lavoro. Controllo. Osservo. Penso. Sono a caccia di fantasmi».

Dalla piazzetta passano anche i bevitori solitari. Si siedono, aprono una birra, si fumano una sigaretta. Sul vialetto invece sfrecciano ragazzine con lo skate e ciondolano adolescenti alti, cresciuti tutti in un colpo. «Mio padre deve sborsarmi duecento franchi», dice uno di loro, masticando patatine. Una ragazzina dai capelli ricci gli chiede: «Posso una?». «Cosa?» domanda il ragazzo. «Una patatina, posso?». Il ragazzo aggrotta le sopracciglia: «Si chiamano Pringles». La ragazza afferra quattro o cinque patatine, poi, con voce saputa: «È lo stesso, Pringles in inglese vuol dire patatine».

Più tardi, la stessa ragazza si siede con un'amica sulla panchina accanto alla mia. I capelli ricci si gonfiano nel vento, come se anche loro fossero pieni di fantasmi. L'amica chiede alla ragazza riccia se abbia una migliore amica. «Devi averne una», insiste. Ma la riccia si fa pregare. Allora l'amica comincia una litania: «Potresti scegliere la Sharon?». «No». «La Xenia?». «No». «La Iris?». «No». «La Jenny?». «No». «Io?». «No». «L'Amanda?». «No». «Ma allora chi scegli?». «Oh, basta, tanto una migliore amica ce l'ho già, è la Sheila». L'altra tace. «La Sheila?». La riccia annuisce e l'amica alza le spalle, come per dire: be', se sei contenta tu. I fantasmi delle mancate migliori amiche si uniscono agli altri movimenti segreti che percorrono la piazzetta. Rifletto sull'eleganza con cui la ragazzina, nella sua lista di proposte, abbia infilato anche lei stessa, ma senza mettersi in risalto, con discrezione, camuffata tra una Jenny e un'Amanda.

A pochi passi, tra i rami di un grande albero, scorgo una casetta di legno. Il vento impazza, ma la struttura sembra solida. Continuo a fissare la capanna. In un giorno come questo sembra impossibile, ma ho la sensazione che lassù possa esserci qualcuno. Arriva una mamma che spinge in fretta una carrozzina. Il bambino è di malumore: dopo un tentativo di merenda fallito, la mamma riparte. Guardo di nuovo la casetta, sull'albero davanti a me. Chi potrebbe mai stare lassù, mi domando. Chi può essere?

PS: John Coltrane incise per la prima volta *Naima* (dal nome di sua moglie) il 2 dicembre del 1959, a New York (il brano si trova in *Giant Steps*, Atlantic, 1960). Lo stesso Coltrane propose parecchie versioni di questo pezzo, che ha una melodia serena e intrisa di spiritualità. La versione citata da Connelly (*Naima, in memory of John Coltrane*) è un omaggio del saxofonista John Handy, registrato al Village Gate di New York il 28 giugno 1967, poco prima della morte di Coltrane (avvenuta il 31 luglio del 1967, a quarantun anni). L'album si chiama *New View* (Columbia, 1967). Secondo Harry Bosch, il sax ha «un suono magico» e si tratta di «una delle migliori esecuzioni dal vivo mai registrate».

PPS: Il romanzo di Connelly in originale s'intitola *The Crossing*, ed è stato pubblicato nel 2015. La traduzione italiana di Mariagiulia Castagnone è uscita per l'editore Piemme.

Le piogge d’aprile

In questi giorni le mie corde vocali sono affaticate. La mia voce è sparita, poi è tornata ma è roca, fragile. Così cerco di seguire i consigli del medico: quando posso, me ne sto zitto. Sospetto che tale indicazione abbia una valenza che superi l’aspetto strettamente fisiologico. Mentre siedo sul balcone, circondato da questa luce primaverile così tagliente, mi chiedo se il silenzio non abbia qualcosa da dirmi. Penso che, al di là di ogni tentazione morale, l’insegnamento del silenzio consista nel suo non essere silenzioso. Infatti dopo un po’ vengo raggiunto dal fruscio della fontana, dallo stormire del vento tra i rami di una betulla, da una lontana conversazione femminile, dall’eco di una moto, dal richiamo di un uccello... Nell’attimo in cui sembrano negarlo, questi piccoli suoni abitano il silenzio e mi aiutano a percepirlo.

Mi viene in mente che fra pochi giorni si festeggia la Pasqua. Così come il Natale, anche questa festa è strettamente legata al silenzio. Se nello stupore natalizio può insinuarsi una certa dolcezza, qui si tratta dello sgomento davanti alla tomba. Non importa se siamo cristiani oppure no; la crudezza inesorabile della morte la conosciamo tutti. Possiamo credere oppure no alla resurrezione, a quella speranza mattutina, ma di certo conosciamo bene l’angoscia pomeridiana, lo strazio della fine. Non è forse vero che, minuto dopo minuto, il tempo della nostra vita ci crocifigge? Mutano le stagioni, si rinnova la luce delle primavere, ed eccomi qui seduto sul mio balcone, senza parole. I bambini giocano nel cortile, uomini e donne passano nell'aiuola qui sotto con il cane, aspettano che il cane faccia la cacca, raccolgono con cura gli escrementi, li gettano nelle apposite cassette. E mi consuma la tristezza, perché non riesco più a comprendere, a condividere queste grida, questa luce di primavera – ah, ma è un piacere star fuori in queste giornate! – questa cura nel ripulire la terra dagli stronzi di cane. Forse, se di colpo venisse a piovere sarebbe più facile: gente che corre, finestre che si chiudono, il tamburellio contro i vetri.

«Ma dove sono andate quelle piogge d'aprile / che in mezz'ora lavavano un'anima o una strada / e lucidavano in fretta un pensiero o un cortile / bucando la terra dura e nuova come una spada?». Dalla memoria risale una canzone di Guccini che mi ricorda «estati senza fine / senza sapere la parola "nostalgia"», mi parla di «stagioni smisurate quando ogni giorno figurava gli anni a venire / e dove a ogni autunno quando finiva l'estate / ritrovavi la voglia precisa di ripartire».

Forse il problema è questo. Forse si tratta di «momenti svuotati», dell'affollarsi di ombre: «che ci potrai fare di quelle energie finite, / di tutte quelle frasi storiche da dopocena; / consumato per sempre il tempo di sole e ferite, / basta vivere appena, basta vivere appena...». A volte non è facile mantenere la forza pura del desiderio, quel «desiderio inconscio di arrivare più in fondo / per essere più vero». In generale, la stanchezza e la mancanza di slancio misurano una distanza fra me e il mondo, tanto che il perimetro del balcone diventa un fossato invalicabile. In questi momenti lo «schiaffo improvviso» di una pioggia d'aprile corrisponde a ciò che Guccini chiama «un'occasione ladra, un infinito o un ponte per ricominciare».

Credo che il ponte, se c'è, non possa che portarci verso il mattino. Mi piace pensare che, nella canzone di Guccini, a costruire questo ponte sia il sax di Antonio Marangolo. Sarà colpa delle mie corde vocali infiammate, ma ho l'impressione che il ponte debba nascere dal silenzio, sbocciando all'improvviso così come sgorga un assolo di sax alla fine di una strofa.

Anch'io non posso fare altro che provare la mia voce, aspettando le parole giuste. Per me scrivere significa proprio tracciare un ponte. Tento di animare i miei personaggi per riflettermi dentro di loro, per muoverli al di là del fossato. Non so se questo basti, e mi rendo conto che forse la scrittura non può essere un ponte davvero solido. Ma di certo è un principio: nel gesto di cercare le parole, di raccoglierle con cura (come se fossero escrementi di cane) c'è di sicuro un'ombra di desiderio. Non si può raccontare una storia senza credere, sia pure in maniera inconscia, che la vita possa cominciare di nuovo, anche quando tutto sembra perso nel buio pomeridiano. Mi sembra di aver colto qualcosa del genere in una lirica di Melania Panico.

> Se il silenzio potesse parlare
> farebbe crollare palazzi
> o restaurerebbe
> portoni infestati da tarli.
> Ma il silenzio non può
> parlare

e i palazzi resistono
e i portoni dei palazzi
sopportano la pioggia
restando muti
fino al prossimo
mattino.

Chissà, magari in qualche modo il silenzio può restaurare anche me (e le mie corde vocali), magari a un certo punto anche sul mio balcone pioverà. In questi giorni di primavera sono più sensibile alla presenza del male: le mie ferite, quelle di chi mi sta accanto, la sofferenza che dilania il mondo, tra solitudini, malattie, innocenti massacrati e vite che bruciano senza che nessuno se ne accorga, nel corso di un tranquillo, banale pomeriggio di aprile. La disperazione non è mai lontana. Bisogna avere fiducia e tentare di avvertire, dietro lo schermo del pomeriggio, il silenzio pieno di meraviglia del prossimo mattino.

PS: La canzone di Francesco Guccini si chiama *Le piogge d'aprile* ed è tratta dall'album *Signora Bovary* (EMI, 1987). Melania Panico è una poetessa nata nel 1985 a Napoli; la sua raccolta *Campionature di fragilità* è stata pubblicata da La Vita Felice nel 2015. La poesia che dà il titolo al libro finisce con due versi che, in un certo senso, sono anche un augurio: «Il peso da dare alle cose / lo scriviamo ad occhi aperti».

Spring River

Dalle parti di Spring River, al confine tra il Colorado e il New Mexico, passai l'inverno più strano della mia vita.

Non abitavo sulle montagne, a quel tempo, ma stavo in pianura e cercavo di farmi una posizione. Con i miei fratelli eravamo finalmente riusciti a far rendere i campi del mio vecchio. Al momento della sua morte, il ranch era ancora poca roba: due edifici di *adobe*, tre baracche, un corral con qualche cavallino *pinto*. Il vecchio veniva dal Messico, non conosceva gli inverni della Spring Valley.

Per fortuna mio fratello Eusebio si dannò l'anima a studiare e a viaggiare. Partiva per settimane, andava su al Nord e tornava con sacchi di sementi, nuove idee di coltivazioni, riuscì anche a mettere insieme un commercio di cavalli. Insomma, le cose ci giravano bene quando io mi feci coinvolgere in quell'affare da Fernando Grinchey.

Sapete quella vecchia canzone, quella che parla del tizio che vuole andare nel West? All'inizio dice: «*I love not Colorado where the faro table grows*», come se avessimo poi tutti questi soldi per giocare. C'era un tizio giù al villaggio che la cantava tutte le sere, per ridere. Agli stranieri sembra che siamo all'inferno, come dice la canzone, dove il bourbon scende come un ruscello nelle gole dei *desperados*. Ma sono tutte balle, credete a me. Da quelle parti stavamo tranquilli, avevamo già un bel daffare a mettere insieme i pasti. Almeno fino a quella sera d'ottobre quando Rico Maria Eusebio Ordonez, che sarei proprio io medesimo, ammazzò il vecchio «Lisca» Grinchey nella scuderia di Larsson, all'entrata del villaggio.

Se non fossi stato lì, con i cavalli a disposizione, dubito che sarei riuscito a fuggire. Che poi io il vecchio Lisca non lo volevo uccidere, ma che ci puoi fare se uno ti salta addosso con il coltello? Devo poi aggiungere che lui e suo nipote Fernando mi avevano truffato con quell'affare delle pelli, e io avevo perso più della metà dei nostri risparmi.

Sono un vigliacco, lo so. Ma come potevo tornare a casa? Non ce l'avrei fatta a guardare in faccia le mie sorelle. Comunque, niente sarebbe più stato lo stesso, questo lo sapevo bene: l'unica strada era prendere i soldi che aveva in tasca il vecchio Lisca, che non girava mai senza, nemmeno per andare al cesso in cortile, e andare il più lontano possibile.

Sbagliai i miei calcoli. Per far perdere le mie tracce, invece di scendere verso il Messico come avrebbe fatto qualsiasi persona di buon senso, volli risalire lo Spring e passare le montagne. Non era la stagione giusta, naturalmente, e il cielo ogni giorno si copriva di nuvole sempre più presto, nuvole basse e chiare, che prima del tramonto si sparpagliavano in una serie di svolazzi, come sbuffi di fumo.

Avevo quasi raggiunto il passo quando arrivò la neve.

Mi rifugiai nella baracca sul costone ovest. Era un rifugio per cacciatori, ma nessuno che voglia superare le montagne si spingerebbe da quelle parti. Dopo qualche ora mi ritrovai in mezzo a una distesa bianca, che mi feriva gli occhi: la valle aveva cambiato forma e il passo, dietro la parete di roccia, era bloccato per almeno due mesi.

Avevo armi, munizioni, alcol, sale, farina e fagioli, pancetta, lardo, gallette e patate in salamoia. Se fossi riuscito a cacciare, avrei passato l'inverno tranquillo, per poi riprendere la fuga in primavera.

La mia solitudine, invece, venne interrotta già all'inizio della seconda settimana. Un uomo arrivò da ovest, coperto di pelli, con i capelli lunghi e gli occhi appannati dalla fatica. Non aveva voglia di parlare: si limitò a dirmi che il suo nome era Virgil e che la neve lo aveva sorpreso mentre era a caccia. Si muoveva con azioni lente, determinate, evitando ogni gesto inutile. Intorno alla bocca, la neve che si era sciolta aveva congelato i peli della barba.

«Una brutta stagione per cacciare sulle montagne», gli feci notare io.

Lui annuì, spazzolando il dorso del suo cavallo. Aveva gli occhi di forma allungata, come un messicano, ma le pupille erano azzurre come quelle di un gringo. Mi pareva inquieto, non perché si muovesse o parlasse troppo, visto che non diceva niente, ma perché non smetteva mai di pensare. Lo intuivo guardandolo mentre stava davanti al fuoco: era uno di quelli che pensano anche quando non pensano.

Che potevo fare? Sembrava inoffensivo, quindi lo accolsi nella baracca. Non potevo certo sapere a cosa stessi andando incontro.

Per tutto l'inverno, per mesi e mesi di tormente, venti gelidi, notti sempre più lunghe, Virgil e io non ci parlammo. Nemmeno una parola, capite? Soltanto quegli occhi azzurri e sottili, soltanto quei pensieri che ruotavano intorno a lui, come un branco di pipistrelli invisibili.

Nemmeno una parola. Lo giuro, non sto esagerando, voglio solo spiegare che cosa significhi passare l'inverno insieme a uno che non dice niente. All'inizio, naturalmente, gli facevo domande. Virgil mi dava un'occhiata, si stringeva nelle spalle. Oppure rispondeva a mugugni. Qualcosa diceva, non era certo muto, però non si rivolgeva mai a me: mormorava qualcosa al cavallo, per tranquillizzarlo, oppure faceva un'osservazione ad alta voce, come se parlasse tra sé: «Meglio salire di là. La neve qui è pericolosa».

Il mattino si alzava per primo. Tostava i grani del caffè, li macinava, faceva sciogliere un po' di neve e la faceva bollire. Io lo sentivo trafficare dal mio giaciglio. Poi controllava i fagioli, che di solito aveva lasciato a bagno nella pentola di ghisa per tutta la notte. Virgil cucinava i *refritos* con cura, insieme al lardo o alla pancetta, aggiungendo cipolle, aglio e alloro. Virgil faceva con cura tutto ciò che faceva, muovendosi sempre con delicatezza, come chi abbia paura di calpestare un oggetto delicato.

Invece toccò a me calpestarlo, l'oggetto delicato, durante una tormenta. Virgil era partito da ore. Pensavo che non sarebbe mai tornato, e che non sapevo neppure da dove venisse, se avesse una famiglia. Verso sera la mia angoscia era tale che mi misi a frugare nelle sue cose. Non avevo cattivi pensieri, in quel momento, e non ero nemmeno curioso. Avevo soltanto bisogno di fare qualcosa, di muovermi, per non diventare matto.

Allora trovai la mia fotografia, trovai la lettera indirizzata a Virgil Grinchey, nel sud del Texas, e trovai la pistola.

Virgil era il fratello di Federico, quello che se n'era andato di casa anni prima. Immaginai che l'avessero avvisato della morte del vecchio Lisca e che in qualche maniera fosse riuscito a ritrovarmi. Cominciai a sudare. Perché non mi aveva ucciso? Perché diavolo stava passando l'inverno chiuso con me in una baracca, senza mai rivolgermi la parola? Soppesai la pistola, una Colt nuova fiammante. Prima o poi questo mi ammazza, pensai. Prima o poi, magari nel cuore della notte...

Ci credereste? Non gli sparai.

Forse quel giorno sperai che non tornasse, non ricordo bene. Forse no, perché l'inverno in montagna è lungo, ed è meglio essere in due. Anche se l'altro non parla. Anche se l'altro vuole ammazzarti.

Non sono un uomo coraggioso. Sapevo che prima o poi Virgil avrebbe vendicato Lisca, sapevo di non avere speranze. Eppure ogni giorno spazzavamo la neve dal tetto, facevamo il giro a controllare le trappole, spaccavamo legna e tenevamo vivo il fuoco. Scampammo per miracolo a un paio di tempeste, fummo quasi travolti da una slavina. Lui, il giustiziere, e io, l'assassino. Chiusi senza parlare in una baracca che sapeva di fumo e di pelli rancide.

Verso la fine dell'inverno, avevo praticamente dimenticato il ranch e la truffa e anche la pistola nascosta sotto il giaciglio di Virgil.

Fu lui a ricordarmela, un mattino di sole, poco prima del disgelo. Mi svegliai e me lo vidi davanti, in fondo al letto, con la pistola puntata verso di me. Ecco, pensai, è arrivato il momento. Mi schiarii la voce.

«Senti...»

Ma lui fece segno di no.

Poi mi rivolse la parola. Quello fu il momento più strano di tutto l'inverno. Vedere lui che mi guardava negli occhi e mi parlava, senza che gli avessi fatto una domanda. Stava parlando proprio a me.

«Se avessi preso la pistola, ti avrei ammazzato».

«Come?»

«Quel giorno, quando l'hai trovata. Me ne sono accorto, che l'hai rimessa a posto. Allora ho deciso di aspettare la fine».

«La fine?»

«Dell'inverno».

«E ora?»

Sembrava provato da quel lungo discorso.

«Ora me ne vado».

Raccolse la sua roba e si avviò verso la soglia. Sentivo il suono del mio respiro, lo sgocciolio dell'acqua sul tetto e lungo le pareti.

«Ma perché?» gli domandai prima che uscisse.

Si voltò, mi fissò. Poi lasciò cadere le spalle, in un gesto d'impotenza.

«Non lo so», disse. «Proprio non lo so».

Per un istante, ma soltanto per un istante, mi parve che fosse sul punto di fare qualcosa: sorridere, forse, oppure ammazzarmi, vai a sapere. Ma fu appena un istante, e l'istante dopo lui se n'era già andato. Dalla porta, rimasta aperta, venivano i tonfi dei blocchi di neve che scivolavano uno dopo l'altro nello Spring River.

V.

Plazuela

«Ma quel Gheddafi ne ha ammazzata di gente!». Il vecchio, seduto su una panchina all'ombra, scuote il capo. «Con i dittatori va sempre a finire così», gli risponde un altro che ha vissuto per anni in Sudamerica e certe cose le conosce. Intorno alla piazzetta s'intrecciano vari argomenti di conversazione: i dittatori, Valentino Rossi, la famiglia («mio nipote fa l'ingegnere e c'ha una paga da lavapiatti!»), i tempi che cambiano, le banche («"la vostra banca", mi hanno detto, ma "vostra" cosa? Tua sarà, mia no di certo!»), un pitone che è fuggito da un appartamento e che si aggira da qualche parte per la città. E poi la crisi, l'eterna crisi. «Cinquanta, cinquantacinque anni fa in Svizzera si stava divinamente bene, non solo bene», osserva un vecchietto. Un altro precisa: «Si sta bene ancora oggi». E un terzo mette il suggello: «Sì, ma i tempi cambiano».

Intanto, sono le cinque della sera. È il giorno della mia ricognizione mensile nella piazzetta.

Le cinque della sera è un orario pericoloso. Nelle poesie di Federico García Lorca è l'ora in cui i toreri vengono ammazzati. Ho con me i *Canti gitani e andalusi* e m'immergo nell'atmosfera solennemente funesta di *La cogida y la muerte* (La cornata e la morte). «*A las cinco de la tarde*», alle cinque della sera... il verso si ripete in una cantilena. *A las cinco de la tarde. / A las cinco de las tarde. /*

¡Ay qué terribles cinco de la tarde! / ¡Eran las cinco en todos los relojes! / ¡Eran las cinco en sombra de la tarde!». («Ah, terribili cinque della sera! / Eran le cinque a tutti gli orologi! / Eran le cinque all'ombra della sera!»). Anche qui sono le cinque a tutti gli orologi (anzi, su tutti i cellulari); in compenso non ci sono toreri e l'aria è luminosa. Il cielo appare profondo, complesso, mentre i boschi sulle montagne sono di un verde intenso, già quasi estivo. Mi si avvicina Enver, emigrato in Svizzera dal Kosovo nel 1978, e mi chiede se possa offrirmi qualcosa da bere, magari un sorso di birra. Poi deplora lo stato della fontana al centro della piazzetta, con l'acqua che esce a singhiozzo e il fondo invaso dalle alghe. «Colpa del Municipio! Ci vuole cura», ripete, «ci vuole cura nelle cose».

Intorno alla piazzetta si muove un mondo lento, un po' stordito da questo caldo venuto con il favonio. Due uomini con la camicia bianca camminano avanti e indietro, conversando a bassa voce. Una sfilata di carrozzine blocca il passo a un monopattino. Una coppia si ferma alla fontana. Lui riempie una bottiglia di plastica. Lei dice: «Non ho mai fatto una passeggiata così, davvero, non mi è mai capitato». Dopo di loro, un bambino si arrampica sulla fontana per arrivare con le labbra all'esile filo d'acqua concesso dal Municipio.

Fra il 1921 e il 1924 García Lorca, ispirandosi a un ritornello popolare infantile, scrisse la *Balada de la placeta* (Ballata della piazzetta). La poesia è un dialogo fra i bambini e il poeta. Loro lo chiamano, gli pongono domande, e il poeta risponde di avere nel cuore «*un doblar de campanas / perdidas en la niebla*» («un rintocco di campane / perdute nella nebbia»). Poi gli chiedono perché se ne vada tanto lontano dalla piazzetta; il poeta risponde che va in cerca di maghi e di principesse. «*Los Niños: / ¿Por qué te vas tan lejos / de la plazuela? // Yo: / ¡Voy en busca de magos / y de princesas!*». Il dialogo prosegue. Il poeta spiega ai bambini che a mostrargli il cammino sono «*la fuente y el arroyo / de la canción añeja*» («la fonte e il ruscello / della canzone antica»).

Alla fine rivela che il suo è un percorso verso l'anima dell'infanzia, allo stesso tempo giocosa e misteriosamente saggia: «*Se ha llenado de luces / mi corazon de seda, / de campanas perdidas, / de lirios y de abejas, / y yo me iré muy lejos, / más allá de esas sierras, / más allá de los mares, / cerca de las estrellas, / para pedirle a Cristo / Señor que me devuelva / mi alma antigua de niño, / madura de leyendas, / con el gorro de plumas / y el sable de madera*» («S'è riempito di luci / il mio cuore di seta, / di campane perdute, / di iris e di api, / e io me n'andrò molto lontano, / più in là di quei monti, / più in là dei mari, / vicino alle stelle, / per chiedere a Cristo / Signore che mi ridia / la mia anima antica di bimbo, / matura di leggende, / con il berretto di piume / e la sciabola di legno»). Non so se vorrei riavere la «*mi alma antigua de niño*». Voltarsi indietro a cercare il passato può essere pericoloso. Ma in qualche modo sento che quell'«*alma de niño*» non è mai scomparsa, e che se avessi una sciabola di legno, di nuovo, diventerei all'istante un pirata.

A una certa ora la piazzetta si svuota, e intorno alle panchine si posa un nugolo di passerotti. Più in là, sull'aiuola, un merlo beccuzza un verme dal terreno. Dopo averlo inghiottito emette qualche nota, non so se di trionfo o di soddisfazione. Dal momento che mi ritrovo in tasca un richiamo per cinciallegre, intono anch'io qualche fischio. Chissà, penso, magari merli e cinciallegre possono andare d'accordo. Il merlo però alza la testa di scatto, perplesso. Sembra quasi offeso dal mio tentativo di cinciallegrare. Faccio per avvicinarmi, ma quello svolazza via con un certo sdegno. Allora mi siedo su una panchina e provo ancora a cantare, unendomi al coro degli uccelli, ai motori, alle chiacchiere dei vecchietti, alle grida dei bambini, al fruscio precario ma tenace della fontana al centro «*de la plazuela*».

PS: Federico García Lorca nacque nel 1898 nei dintorni di Granada e venne fucilato dalla Guardia civile franchista nel 1936. La versione italiana di *Canti gitani e andalusi* (Guanda, 2005), con testo originale a fronte, è a cura di Oreste Macrì.

PPS: Il richiamo per cinciallegre è un regalo di compleanno. Non sono ancora riuscito a trovare un volatile che voglia discutere con me, ma io non demordo e continuo a trillare.

1978

Daniele allungò la mano verso il comodino. A tastoni raggiunse il cellulare e lo fece tacere. Aveva diritto ad altri otto minuti di sonno.

La suoneria lo strappò da un fantasma di sogno. Guardò l'ora sullo schermo: le sette e otto minuti. Ascoltò i rumori di stoviglie, le voci indistinte di Sara e Alan, il motore di un furgone fuori dalla finestra.

Di colpo, si ricordò che era il suo compleanno.

Il fatto di essere ancora a letto lo riportò all'infanzia. Un ricordo vago, di luce filtrata dalle gelosie e di voci ovattate, discorsi da adulti, oltre la cortina del sonno... Trentasei anni. Una gamba dopo l'altra, toccò il pavimento. Guardò il cellulare: le sette e sedici. Meglio sbrigarsi.

Sara aspettò che bevesse il caffè prima di augurargli buon compleanno, e intanto Alan pretendeva di vedere i regali. Sara gli ordinò di sbrigarsi, che l'autobus sarebbe partito anche senza di lui.

«Tornerai presto, stasera?»

«Ho una riunione a scuola...»

Sara avrebbe comprato una torta, con tanto di candelina – una sola, per eleganza. Era una recita per il bambino? Oppure davvero aveva bisogno di guardarlo mentre soffiava sulla fiammella? Daniele si domandò quale fosse il significato di questo spegnere fuochi il giorno in cui si celebra la propria nascita. Poi si accorse che Sara gli stava parlando.

«Ma certo», le disse, «torno di sicuro per cena».

Che cosa c'è di più lontano del 1978?

Daniele pensò alle fotografie con quella luce dolce, come se fosse sempre tardo pomeriggio, ai maglioni a collo alto, alle camicie attillate e ai giornali austeri, senza immagini. Gli anni ottanta, il Dopoguerra, perfino la Belle Époque gli parevano più vicini, trasfigurati com'erano dalla storia. Ma il 1978? Non riusciva a immaginare come fosse guidare una di quelle automobili, usare uno di quei telefoni. O forse l'automobile sì: anni prima gli era già capitato di guidare la vecchia macchina di uno zio, con quella durezza nel volante, nella leva del cambio.

Come per caso, andando al lavoro, fece scivolare nella fessura un CD di Lucio Battisti. Fermo al semaforo, con il sole di settembre contro di lui, indossò gli occhiali scuri; e quel movimento, chissà perché, lo portò a pensare che chiunque, nel 1978, avrebbe potuto fare lo stesso gesto, con lo stesso sole, con la stessa musica, e che tutto era ancora da scoprire.

Una donna per amico era uscito nell'ottobre del 1978. E resisteva ancora. «Aver paura di confessare tutto, per il pudore d'innamorarsi troppo...». Chi era nato nel 1945, o nel 1957, non avrebbe mai ascoltato la musica del proprio anno di nascita. Battisti invece era ancora moderno... «e non studiarsi, ubriacarsi di fiducia per uscirne finalmente fuori...»

Attraversò una galleria, imboccò una strada costeggiata di cartelloni pubblicitari. Gli slogan si depositavano per un istante nella sua mente, poi sparivano come se non fossero mai esistiti. Che tutto si riduca a questo?

Oppure anche il lampo di una pubblicità si deposita da qualche parte? Di certo l'odore delle aule scolastiche, inconfondibile, inimitabile, era rimasto quello degli anni ottanta. Daniele ricordava il suo primo giorno di scuola, lo stesso odore, preciso identico. Per la prima volta, pensò a quanto fosse straordinaria quella permanenza.

Davanti a cinquanta occhi aperti, ignari, lesse *La sera del dì di festa*. Un'altra scelta fintamente casuale. «Or dov'è il suono di quei popoli antichi? or dov'è il grido dei nostri avi famosi...». Ma così era troppo semplice. «Tutto è pace e silenzio, e tutto posa il mondo, e più di lor non si ragiona». Troppo facile volteggiare parole davanti a occhi quattordicenni. Che diritto aveva di chiamare anche Leopardi, dopo Battisti, per soffiare sulla sua candelina?

Durante la ricreazione, mentre tutti sciamavano in cortile, Daniele redarguì una ragazzetta che sedeva da sola al suo banco.

«Lo sai che non puoi usare il telefono a scuola...»

«Ma è per la musica!»

Sullo schermo: One Direction, *The story of my life*.

«Mettilo via subito, o devo ritirarlo...»

La ragazzetta ubbidì. Daniele le chiese chi fossero gli One Direction e lei rispose con entusiasmo. A quanto pareva, il suo preferito nel gruppo si chiamava Liam Payne ed era nato nel 1993.

Più tardi, Daniele si sedette alla cattedra e contemplò l'aula vuota. *The story of my life*. Proprio di quello c'era bisogno. Raccolse una penna, la fece roteare distrattamente tra le dita. Dai finestroni alti i raggi del sole planavano sui banchi. *The story of my life*. Chissà com'era la melodia.

Non andare da solo nel bosco

Dopo il divorzio, verso il mese di maggio, mi guardo allo specchio e mi dico: il peggio è passato. Invece un lunedì mattina mi chiama un tizio delle risorse umane e mi sollecita a lasciare l'ufficio entro la sera: riorganizzazione del personale. Arrivo a casa – un po' stordito, devo dire – e vedo la busta con i risultati delle analisi. Per qualche secondo penso che potrei fingere di non averla vista. Ma poi finisco per aprirla, così scopro che la diagnosi è confermata: ho il diabete, anche se non me n'ero mai accorto. In futuro dovrò stare molto più attento a ciò che mangio, a ciò che bevo, a tutti i segnali del mio corpo.

A questo punto vado in salotto e mi verso una doppia dose di whiskey.

Dopo un po' il silenzio mi dà fastidio. Prendo un disco di Miles Davis, un'incisione degli anni cinquanta, e cerco di seguire le note fragili della sua tromba, come un alpinista che si affida a una via ferrata per scalare una montagna.

Non so perché, mi ritrovo a pensare alla montagna.

Per tutta l'infanzia, e per i primi anni dell'adolescenza, ho passato le vacanze in un villaggio sulle Alpi. Era come stare in una cartolina, con le casette di legno, il cielo azzurro, il sole giallo, i prati verdi... Dimentico qualcosa? Le bandiere rosse naturalmente, o meglio rossocrociate, come dicono i telecronisti, appese alle finestre per la festa nazionale.

Mando giù il mio Laphroaig, mentre scopro di ricordare il sentiero per il ruscello. Non solo: mi arrivano anche l'odore umido del bosco, il gusto delle trote arrostite alla brace, la vertigine davanti al cielo stellato. Ritrovo perfino un'altra vertigine, mentre scopro che Anna si è portata il suo nuovo ragazzo nella nostra radura, come se niente fosse. Ah, quelli sì che erano problemi. La nostra radura. Guardo il bicchiere vuoto. Intanto Miles ha lasciato spazio all'irruenza del sax di Coltrane.

A questo punto, senza pensarci troppo, decido che ho bisogno di una pausa. Vado su internet e in pochi secondi prendo in affitto una casa nella cartolina. Nello stesso paese dove ormai non conosco più nessuno, circondato dagli stessi boschi dov'era proibito andare da soli e dove, nella fantasia, si aggiravano creature immonde.

Non chiedetemi perché. Sarà che un uomo, prima o poi, ha bisogno di tornare nei posti dove tutto è cominciato.

Il che, detto così, suona anche bene. Ma nella realtà le cose sono diverse: il paese ha più strade, più parcheggi, più casette nuove prefabbricate. C'è perfino una specie di locale notturno per i giovani villeggianti, e al posto del vecchio stallone c'è un impianto di wellness che promette «la dolcezza dei mari del Sud tra le nevi alpine».

La mia casa è un po' fuori dall'abitato, e questo mi dà la speranza di sfuggire alle chiacchiere. Ma dopo i primi giorni colgo una domanda inespressa nei saluti delle signore mentre faccio la spesa, e registro una blanda curiosità negli sguardi che mi lanciano i loro mariti, quando tornano il venerdì sera per passare il weekend al fresco.

Io invece non faccio niente, ed è proprio ciò di cui ho bisogno. Una gita al ruscello, un aperitivo in piazza, un disco di Miles la sera, o magari di Monk, con quelle sue dissonanze che sono l'equivalente musicale di un robusto massaggio su al centro wellness.

Dopo un paio di settimane, comincio a sentire l'angoscia. Non è tanto la vita che faccio, quanto la consapevolezza che prima o poi dovrò prendere decisioni, riempire formulari, fare telefonate. Per non impazzire, accetto l'invito a una grigliata nel giardino dei vicini. Gli ospiti sono personaggi distinti, stimati professionisti che d'estate si rifugiano fra i mobili design dei loro chalet e si lamentano tutti insieme dello stress.

Naturalmente ci mettono poco a scoprire chi sono.

Il signor Leoni, l'avvocato padrone di casa, risulta essere nientemeno che il piccolo Tommo, con cui giocavo da bambino. Sua moglie invece viene da fuori, e non conosce la lentezza delle estati montane. Infatti si lamenta del fatto che stiano facendo dei lavori sulla strada, e che il traffico sia bloccato per due ore al giorno.

«Ma proprio adesso, devono rifare l'asfalto?»

Allora Tommo, voglio dire il signor Leoni, ha buon gioco nel rievocare le nostre vacanze, quando l'arrivo di una macchina era un evento da annotare nel diario.

Nel frattempo un altro vicino, intento a cuocere le costine, si rivela essere Gengis, ossia il terzo membro del trio di avventurieri che si erano impegnati a difendere il paese dai banditi, dalle bestie feroci e, se necessario, da un'eventuale invasione di orchi. Ci facevamo chiamare: i Temibili Tre.

Pensare che Gengis, alle prese con un grill ipertecnologico, era famoso per combattere contro gli orsi a mani nude. E Tommo spergiurava che non avrebbe mai permesso a una femmina d'interferire con la sua missione di giustiziere. Ma le cose vanno così. Anch'io, con la mia pancetta e le borse sotto gli occhi, sono molto lontano dai Temibili Tre. Finché Tommo mi guarda di sottecchi e mi dice: «Ti ricordi la Regola d'Oro?»

Me la ricordo: non andare mai da solo nel bosco. Poiché là, nei luoghi più oscuri, si nasconde...

«Lui c'è ancora, lo sai?»

Do un'occhiata a Tommo, per sincerarmi che stia scherzando. Ma è perfettamente serio.

L'esperienza del tempo che passa è la più banale e la più straziante che un uomo possa fare. Così banale che non vorrei nemmeno parlarne. Così straziante che la ritrovo in ogni cosa: nella tromba di Miles, nel fruscio incessante del ruscello, perfino nell'odore dei bratwurst serviti dalla moglie di Tommo, che mi ricordano le notti all'addiaccio nei prati sopra il paese.

Ora ne sono rimasti pochi, di prati: la civiltà si espande, le case di villeggiatura si moltiplicano. Ma, fuori dall'abitato, l'ignoto è sempre lì. Il bosco, con le radure in cui nessun essere umano ha mai posato il piede, con il viluppo di piante, arbusti, cespugli, con i precipizi e le grotte buie, dove lui si nasconde.

Perché nel bosco abita una creatura della notte.

È un essere mezzo uomo e mezzo scimmia. Il suo nome è Andro, ma nessuno l'ha mai visto da vicino. Forse qualcuno ha avuto la ventura di scorgerlo di sfuggita, magari al crepuscolo.

«Hai detto che lui c'è ancora?» chiedo a Tommo.

Lui annuisce, gravemente.

Poi sua moglie mi domanda di che cosa mi occupi,

nel mio periodo sabbatico, se stia scrivendo un libro o se mi dedichi alla meditazione. Io replico che finora ogni mio tentativo di meditazione è sfociato nel sonno, al che una matrona che abita nei dintorni esclama: «È giusto così! I sogni sono una forma di meditazione».

«A proposito», interviene la moglie di Gengis, «lo sapete che cosa ho sognato stanotte?»

A questa frase, come succede sempre, tutti desideriamo essere altrove.

La moglie di Gengis comincia a raccontare una storia assurda di lei che vola sopra la città e di aquile con la faccia di suo padre. Per fortuna una donna dai capelli biondi chiede di punto in bianco se alla sagra del paese ci sarà uno spazio per i bambini. Il discorso allora si sposta e tocca, nell'ordine, il tema delle babysitter (difficili da trovare), dell'amministrazione comunale (troppo pigra), del campo estivo degli scout (nessuno sa di preciso quanto costi) e del figlio di Gengis (molto sensibile, ma i suoi insegnanti non se ne accorgono).

Due ore dopo, prima di salutarmi, Tommo mi consegna una cartella per documenti. Poi, strizzandomi l'occhio, mi dice: «Lui è ancora la fuori, ne sono convinto. Bisogna stare attenti».

Tommo sorride. Lo faccio anch'io. «Tranquillo», gli dico, «non andrò da solo nel bosco».

Tornando a casa, mi fermo sotto un lampione e apro la cartella.

Sulle prime vedo dei pasticci, dei geroglifici privi di senso. Poi mi torna in mente: sono le mappe del bosco. All'epoca i Temibili Tre, che fra le loro competenze annoveravano pure la cartografia, avevano tracciato un disegno accurato che riportava l'estensione del territorio di Andro. Non l'avevamo mai visto, ma lasciava dei segni: incisioni sulla corteccia degli alberi più grandi, ciuffi di pelo, rami disposti in forma di freccia, piste che s'inoltravano nei luoghi impervi.

E Tommo ha tenuto questa roba, per tutti questi anni. Magari se n'è dimenticato pure lui, finché per caso i Temibili Tre si sono ritrovati insieme. Forse, fino a stasera, nessuno al mondo ha più evocato la figura sinistra di Andro.

Meglio così, decido. Chiudo di scatto la cartella.

L'infanzia passa, con le sue fantasticherie, e nel bosco ora mi aspettano creature ben più terribili: la solitudine, la disoccupazione, il pensiero che la salute va peggiorando.

Poco prima di arrivare a casa, intravedo una figura a quattro zampe, appena distinguibile al chiarore di un lampione. È una volpe, con le orecchie ritte, la coda flessuosa. Per qualche secondo ci guardiamo negli occhi. Le sue pupille sembrano raccogliere la luce.

Poi la bestia si gira e sprofonda nell'ombra.

L'aumento dei villeggianti, e quindi della spazzatura, fa sì che le volpi si spingano a rovistare intorno alle case. Per fortuna, dopo l'aggregazione di tutti i comuni della valle, la raccolta dell'immondizia dovrebbe diventare più rapida.

Ripenso alla serata appena trascorsa, alle giovani mamme, ai professionisti abbronzati, alle signore in caftano che parlano di meditazione. Ma chi sono io per giudicare? Il fallito di mezza età che ascolta Miles Davis... No, mi dico, devi abituarti alla vita, alle chiacchiere di tutti i giorni. Soltanto così riuscirai a ricominciare.

Sono davanti alla porta d'ingresso, quando sento un rumore. Mi fermo, trattengo il respiro. A pochi metri dalla casa comincia il bosco. È una zona ripida, senza sentieri, dove i noccioli crescono fitti e si mescolano ai rovi, ostacolando il passaggio. Il sentiero fa un giro più largo, passando dall'altra parte. Ma allora, chi mai potrebbe camminare lassù?

Rimango in ascolto. Mi sembra di sentire un soffio, come se qualcuno stesse ansimando. Poi però mi schiarisco la voce e tutto passa. Prendo le chiavi dalla tasca. Sarà un'altra volpe, penso, o forse il gatto dei vicini che è scappato durante la grigliata. Apro la porta.

Sì, sarà di sicuro il gatto dei vicini.

VI.

Piazzetta tropicale

Nella piazzetta tutto è minuscolo, non si verificano grandi eventi. Solo una manciata di chiacchiere, qualche screzio fra innamorati o fra bevitori di birra, grida e giochi di bambini, un eterno pigolio di passerotti. Eppure, in qualche modo bizzarro, questi fatti impercettibili sono l'ossatura della quotidianità, della vita implacabile che ci attraversa e ci consuma in ogni istante.

È un pomeriggio soffocante. L'estate arroventa l'asfalto e Bellinzona sembra una città fantasma. Passano due ragazzi a torso nudo, poi un vecchio che si copre la testa con un giornale. Su una bicicletta elettrica sfreccia una ragazza bionda, veloce, ventilata, come un miraggio. Mi avvicino alla fermata dell'autobus. Mi accorgo che hanno tolto tutti i manifesti e i volantini, o forse il sole li ha bruciati via, così come ha bruciato l'erba di una delle aiuole. Nell'altra invece i fiori crescono rigogliosi: il viola e il verde si mescolano al giallo dell'autopostale e restituiscono un soffio di vita a quest'ora esausta.

Avvicinandomi, scorgo da dietro le quattro teste dei vecchietti in fila sulla panchina, come sentinelle che non abbandonano il forte. Stanno parlando di due argomenti che s'intrecciano in maniera apparentemente casuale: 1. l'arte d'imboscarsi sul lavoro nei mesi estivi, con un catalogo di fannulloni storici paragonati ai fannulloni di oggi, che al confronto sono pallidi tentativi di emulazione; 2. il clima torrido: secondo i meteorologi sopra la città c'è (ma il vecchietto usa il verbo «staziona») un anticiclone che viene dai mari del Sud e che suscita (il vecchietto dice «determina») un clima tropicale.

Mi sono portato nella borsa vari libri, per affidarmi poi all'ispirazione del momento. Dopo aver sentito i vecchietti, apro *L'uomo dei Caraibi* (edizioni Cepim, 1977): la speranza è che le tavole di Hugo Pratt mi aiutino a percepire l'atmosfera tropicale della piazzetta. Naturalmente, manca la vastità dell'oceano; in compenso, c'è la vasca circolare nella quale si bagnano i passeri e i merli.

Ai bordi della piazza approda un uomo scarmigliato, con in mano una lattina di birra. Viene raggiunto da un conoscente. I due discutono a lungo della possibilità di acquistare dei francobolli alla Posta, che dista poco più di cento metri. Alla fine decidono che fa troppo caldo, e si abbandonano alla dolce immobilità caraibica, interrotta appena dal suono lancinante di un motorino che s'immette rumorosamente nella via principale (i vecchietti scuotono il capo; uno, con l'aria di chi se ne intende, spiega che il motore è di sicuro «truccato»).

Due bambini, muniti di una bottiglia di plastica, s'ingegnano per arrampicarsi: «Ti faccio scaletta», dice il più grande. Vogliono arrivare al rubinetto e riempire la bottiglia. L'operazione è complessa e richiede più di un tentativo. Nel frattempo gli uccelli, scacciati dalla loro vasca da bagno con idromassaggio, protestano a gran voce. Il sole gira intorno alla piazza, una panchina resta scoperta, un'altra viene protetta dall'ombra (quella dei vecchietti è sempre all'ombra, per una sorta di diritto meteorologico acquisito).

Leggendo Pratt immagino il suono delle onde del mare, i lunghi viaggi, le attese infinite. Se chiudo gli occhi, sento invece l'intersezione tra i mondi sonori della piazzetta: il festival degli uccelli, le parole dei pensionati in fila sulla panchina, il ringhio dei motorini e il lento sbuffare dell'autobus. L'ultima volta ho provato a partecipare anch'io, imitando il canto di una cinciallegra. Stavolta invece mi limito a fare da comparsa, appoggiandomi allo schienale della panchina, allungando le gambe, lasciandomi avvolgere dal caldo, dalle chiacchiere, dagli uccelli, dall'acqua, dall'enormità di questo piccolo frammento tropicale *made in Switzerland.*

Il primo giorno di vacanza

Il bianco è il colore degli esami. Il bianco delle pareti, nei corridoi, il bianco delle pagine aperte, delle fotocopie, dei tavoli e delle sedie in biblioteca... e la camicia candida dell'esaminatore, un po' stropicciata, con il colletto aperto quando si alza e con tono cortese dice:

«Abbiamo già superato il tempo». Una sbirciata all'orologio. «Direi che può bastare».

Giorgio si alza di scatto. Abbozza un saluto, sposta il peso da una gamba all'altra. Non deve più stare lì, non è il suo posto. Raggiunge la porta, si volta ancora, indeciso se salutare, poi apre la porta, esce, richiude la porta, piano, ed eccolo in corridoio, solo.

Ha finito gli esami.

Tante settimane, tanti mesi di studio, un tempo infinito passato a immagazzinare dati, informazioni, in maniera quasi indecente, senza lasciare al cervello il tempo di assimilare. Fra un mese, pensa Giorgio, avrò dimenticato tutto.

«Come va?» gli domanda Chiara incrociata nell'atrio. «Hai finito?»

«Non ancora. Mi mancano due esami...»

È fuori, nel sole abbacinante. Ho finito gli esami, pensa. Ho finito, ho finito. Sono qui, davanti al liceo, nel sole abbacinante... e nessuno mai pretenderà che sappia il significato nel contesto dell'aggettivo «abbacinante», non me ne importa nulla, non lo so, e non lo voglio nemmeno sapere.

Chiude gli occhi e si gode la sensazione. Poi cammina verso il parcheggio, dove sua madre lo aspetta seduta su una panchina all'ombra, accanto all'automobile.

«Tutto bene?». Appena lo vede si alza e si avvicina, guardandolo negli occhi. «Oggi avevi matematica, giusto?»

Giorgio annuisce: «Tutto bene».

Salgono in macchina, e subito Giorgio si affretta a precisare: «Mi mancano ancora due esami, domani. Poi ho finito».

«Hai bisogno che ti porto il mattino o...»

«No, no, vado con il Pietro».

Subito dopo pranzo, annuncia che si trascinerà a studiare in biblioteca.

«Dài, che domani sera sei in vacanza!»

Accoglie l'incoraggiamento con un pallido sorriso, afferra lo zaino ed esce. Cammina piano, per le strade del quartiere, con i sensi ricettivi.

Il ronzio del portalettere, con il suo motorino che frena a ogni buca delle lettere, le perline sulla porta del bar che continuano a frusciare dopo il passaggio di un cliente. Il soffio d'aria fresca traversando il ponte sul ruscello, il suono dell'acqua, l'odore di erba appena tagliata. Giorgio cammina, prende nota di ogni dettaglio, come se volesse memorizzare, come se anche di tutto questo dovesse rendere conto.

Qualcuno cammina con passo nervoso: padri che tornano al lavoro dopo la pausa pranzo, ragazze in ritardo a qualche appuntamento, studenti come Giorgio... com'era Giorgio.

Ora non più.

Ora Giorgio potrebbe sedersi su quella panchina, là dove la strada sale e poi fa una curva, prima della discesa. C'è una bella vista sul campo di calcio e, dietro, una fila di alberi che nasconde il torrente.

Sulla panchina siede un uomo anziano, con i pantaloni corti e una camicia a fiori. Giorgio si mette dalla parte opposta, senza dire niente. Il vecchio continua a guardare davanti a sé. Il cielo è sereno, ma c'è una nuvola soffice, bianca come un giorno d'esami... Presto coprirà il sole. Giorgio e il vecchio aspettano. Non hanno fretta.

Anche Anna terminerà gli esami, fra quattro giorni. Poi ci sarà la consegna dei diplomi, la festa, le ragazze con i tacchi a spillo e gli abiti neri, aderenti. Giorgio sa che saranno guai, che parlerà troppo per mettersi in mostra, e Anna di sicuro s'inventerà qualche ragazzo che aveva tenuto in naftalina durante il periodo d'esame. Giorgio finirà per rimpiangere i pomeriggi passati insieme in biblioteca, a studiare.

Ma tutto questo è lontano. Ora c'è la panchina, il sole che gioca con la nuvola bianca e il campo di calcio deserto. Giorgio pensa che davanti a sé ha ancora tre, quattro ore da far passare. Si alza, torna a camminare tra le case. Dietro le siepi balena il lampo azzurro delle piscine. Giorgio accoglie le grida dei bambini, il suono degli spruzzi, insieme al calore dell'asfalto, al fischio di una rondine da qualche parte sopra la piazza.

La sera, dopo cena, sale nella sua camera.

«Coraggio, è l'ultimo sforzo!» gli dice suo padre.

Giorgio sposta la sedia, spalanca la finestra e si siede a guardare la cima degli alberi, il cielo buio sopra il lampione. Vede uscire la luna, lentamente, una luna grande e maestosa, di quelle che esistono soltanto nelle poesie di Leopardi. Pessimismo storico, cosmico, «già similmente mi stringeva il core...». Basta, Giorgio può dimenticare tutto. Se ne sta fermo di fronte alla luna, nell'attesa che il tempo, prima o poi, si accorga della distrazione e ricominci a correre.

Sweetbird

Quando lavoro alla radio, alla Rete Due della RSI, mi sveglio alle quattro. Mi lavo, mi vesto, bevo un bicchiere di tè freddo e mangio un frutto. Poi prendo la macchina e guido da Bellinzona a Lugano, nel buio delle mattine invernali o, com'è accaduto la settimana scorsa, nel blu misterioso e lucente che precede il crepuscolo.

A volte tutto è limpido, silenzioso, a volte invece si scatena un temporale, magari mentre salgo verso il Ceneri; in quei momenti, nell'abitacolo battuto dalla pioggia, mi pare di essere solo al mondo. Poi arrivano i fari di qualche automobile a ricordarmi che su questa terra esistono altri esseri umani, come me aggrappati a un volante e diretti da qualche parte sotto il diluvio.

Ancora non ho pronunciato una parola. Lascio la macchina nel parcheggio della radio e mi dirigo verso lo studio (dove leggerò i quotidiani prima di cominciare la diretta). Se non piove, mi fermo per un istante ad ascoltare le ultime notizie così come vengono trasmesse da un nugolo di uccelli nel folto degli alberi. I trilli, i pigolii, le melodie ripetute, i gorgheggi e i fischi s'intrecciano fra loro, tessendo la trama di un discorso incomprensibile (per me), ma non per questo meno vero.

Di fatto la voce degli uccelli esprime una verità sul mondo pari a quella che esprimerà il primo notiziario del mattino. Per me, che passo in pochi minuti dal mondo del canto a quello delle *news*, è importante ascoltare entrambi i discorsi. È il cinguettio fra gli alberi a dirmi che 1. sta sorgendo un'altra alba: questo merita di essere annunciato, perché le albe non sono infinite e non vanno sprecate; 2. se sono qui e ora è per un motivo: non devo smettere di cercare una voce che rappresenti nello stesso tempo le mie domande, le mie risposte, la mia tristezza o la mia meraviglia davanti alla realtà; 3. il silenzio e la musica sono la fonte da cui sgorgano le parole: non c'è frase scritta o pronunciata al microfono che sia efficace, se prima non si è confrontata con questo mondo aereo e ancora privo di sillabe umane. Per riassumere:

1. annuncio (AN);
2. espressione dell'interiorità (EI);
3. attesa della parola (AP).

Queste tre funzioni vanno poste in relazione con ciò che succede alla radio. Di colpo, il campo sonoro ornitico, più o meno immutato da cento milioni di anni, lascia il posto al fattore umano. Ecco quindi 1. l'inesausta attualità dei giornali, i loro titoli, gli editoriali che segno con un evidenziatore giallo; 2. l'irruzione del mondo: scorrono i flussi delle notizie d'agenzia, appare sullo schermo la scaletta dei brani musicali, arrivano i notiziari e i bollettini meteo; 3. il tempo sminuzzato della diretta: conto i secondi che mancano alla sigla, parlo con il tecnico-regista che mi aiuta a tenere il ritmo, la mia voce entra nel microfono e si diffonde in luoghi che non vedrò mai. Per riassumere:

1. attualità (AT);
2. espressione del mondo (EM);
3. diffusione della parola (DP).

Credo che le funzioni degli uccelli abbiano lo scopo di produrre una curva di equazione cartesiana in un piano munito di sistema di riferimento con assi perpendicolari. Così ogni elemento radiofonico risulta da una funzione aviaria.

f(AN) = AT

f(EI) = EM

f(AP) = DP

Non sto a disegnare il grafico: è la forma di una mattinata di lavoro, vissuta nella tensione fra silenzio e parola. Prima il silenzio, il canto degli uccelli, il fruscio delle pagine dei giornali, in un crescendo d'immersione nel mondo. Poi le mie parole, tese verso ascoltatori invisibili. La ferita dei notiziari: titoli inesorabili («La guerra ed ora anche il colera: è allarme-epidemia nello Yemen, in ginocchio per gli scontri e per la situazione sanitaria: oltre 200mila i casi conclamati»); statistiche sui migranti che dietro le cifre celano lo strazio di chi fugge («Il governo italiano lancia l'allarme: situazione insostenibile, nelle ultime ore oltre 12mila arrivi, dal 1 gennaio +13,43%»); un neonato a Londra che sopravvive attaccato a un respiratore, mentre intorno infuria la polemica («La Corte di Strasburgo sul piccolo Charlie: si può staccare la spina»). Nel corso della mattinata le notizie si alternano alle canzoni, alle rubriche, alle interviste.

Quando torno nel parcheggio, dopo la riunione di redazione, sento di nuovo gli uccelli. Sullo sfondo c'è anche il ronzio di un motore: qualcuno da qualche parte sta tagliando l'erba.

Mi rimane impresso questo sotterraneo e un po' assurdo collegamento fra il canto degli uccelli e le voci della radio.

Nel pomeriggio recupero un vecchio saggio di Edward Neill: *Musica, tecnica ed estetica nel canto degli uccelli* (Zanibon, 1975). L'autore trova affascinante «l'ipotesi che l'uomo primordiale abbia potuto trarre ispirazione dal canto degli uccelli in generale per modulare le sue prime manifestazioni canore, e, in particolare, che per costruire il proprio rudimentale sistema melodico si sia rifatto a strutture aventi un carattere intervallico come quelle del Tordo eremita» (Hylocichla guttata). Neill mostra poi alcune trascrizioni musicali elaborate da un certo dottor Szöke (nel cui nome mi sembra di cogliere l'eco di un colpo di becco ben assestato).

Penso al mio lavoro: come scrittore, ma anche alla radio o nell'insegnamento. Di certo, per essere efficaci le parole devono nutrirsi di silenzio, di musica. E il canto degli uccelli racchiude un nocciolo antico di melodia che, come dice il saxofonista brasiliano Ivo Perelman, «stupisce per la sua coerenza: non sono stati a scuola, nessuno ha detto loro di cantare in quel modo, non sono nemmeno coscienti di farlo». Eppure, cantano. E qualcosa di quel suono primordiale si ritrova in ogni musicista, in ogni poeta.

Il mattino seguente, mentre vado alla radio, ascolto il brano *Sweet bird*, composto da Joni Mitchell e riproposto da Herbie Hancock nell'album *River: the Joni letters* (Verve, 2007). Mi pare che nella musica risuoni la semplicità di un canto ancestrale. Specialmente nelle improvvisazioni al sax di Wayne Shorter, che a volte imita la cadenza degli uccelli (a 1.50, a 2.30, a 5.30, a 6.37) e che alla fine diventa un soffio. Ma pure nel fischio che affiora qui e là (per esempio a 0.30, a 0.39, a 4.09), come se un volatile invisibile accostasse la sua voce a quella di Hancock al piano, di Shorter al sax, di Dave Holland al basso, di Vinnie Colaiuta alla batteria e di Lionel Loueke alla chitarra.

Arrivo alla radio. Entro nel mondo delle parole, come ogni giorno, e cerco di conservare nell'anima un ricordo di melodia. Questa bellezza si esprime sia come riflesso malinconico, sia come speranza che – dietro il male che tracima dalle notizie – resista la capacità di affermare la parte generosa del mondo. Le parole feriscono ma, quando sono pronunciate nel modo e nel momento giusto, possono anche guarire.

PS: L'osservazione di Ivo Perelman proviene dal numero 688 della rivista «Jazz Magazine» (ottobre, 2016). Anche Perelman, nelle sue improvvisazioni libere, imita talvolta il canto degli uccelli; si vedano per esempio i due album con Karl Berger: *Rêverie* (Leo Records, 2014) e *The Hitchhicker* (Leo Records, 2016).

PPS: Per chi fosse interessato all'intervento degli uccelli nella musica umana, è simpatico il duetto che il pianista Misha Mengelberg registrò insieme a Eeko, il pappagallo di sua moglie: a volte, si ha quasi l'impressione che Eeko sappia swingare... Il brano si trova nell'album *Epistrophy* (ICM, 1972).

Infine, un accenno al Tordo eremita di cui parlano Edward Neill e il dottor Szöke. Mi sembra che, nel profondo della sua solitudine, sappia trovare un modo per colmare il fossato tra sé e il mondo con uno dei canti più umanamente melodici che esistano: secondo Neill «le emissioni vocali di questo uccello che vive prevalentemente in Nord-America sono strutturate in modo assai simile a quello che caratterizza la nostra musica diatonica e pentatonica». Neill precisa inoltre che «i Tordi eremiti sono *asociali* nel senso in cui lo sono gli artisti che possono creare solo se in compagnia di sé stessi». Non posso fare a meno di citare almeno un'opera del dottor Szöke: P. Szöke, W. W. H. Gunn, M. Filip, *The Musical Microcosm of the Hermit Trush*, in «Studia Musicologica Academiae Scientiarum Hungaricae», 11, Budapest, 1969.

VII.

Œttinger

L'uomo con la camicia variopinta se ne sta da solo. Intorno a lui si formano crocchi, si scambiano pareri sull'imminente temporale. L'uomo con la camicia variopinta ogni tanto si avvicina a un gruppo, ma senza interloquire con nessuno. Ha un paio di occhiali scuri e i capelli lisciati indietro con il gel. In mano stringe una lattina da mezzo litro di birra Œttinger.

Quando arrivo alla piazzetta, noto che c'è fermento. Pare che pochi minuti prima un ubriaco abbia dato in escandescenze alla fermata dell'autobus. Il conducente l'ha tenuto a bada come poteva, poi l'ubriaco si è disteso sulla strada. Mentre i vecchietti sulla panchina commentano l'accaduto, passa un'ambulanza con le sirene spiegate. «Dove lo porteranno?» domanda uno. «Lo fanno dormire», assicura quello seduto al centro della panchina, «lo fanno dormire finché starà bene». Un terzo è scettico: «Con questo caldo?». Ma quello seduto al centro assicura che dove lo porteranno ci sarà l'aria condizionata.

Nel frattempo l'uomo con la camicia variopinta si accosta alla fontana e si lava le mani, fissando nel vuoto. I pensionati continuano a chiacchierare. Uno di loro indossa una maglietta rossa con la scritta GIOVANE DA CENT'ANNI. Quello al centro della panchina, che sembra il più anziano, fa una battuta. Un vecchietto magro, a torso nudo, scoppia a ridere e picchia il piede per terra. «Parole sante», ripete, «parole sante».

Mi siedo sulla solita panchina e apro un libro che mi hanno regalato qualche tempo fa: Tom Chatfield, *Come sopravvivere nell'era digitale* (Guanda, 2013). «La natura della tecnologia digitale», spiega l'autore nell'introduzione, «è proteiforme quanto la nostra e può assumere molti ruoli nella nostra vita: un aiuto, un amico, un seduttore, un conforto, una prigione. In ultima analisi, però, tutti i suoi mutevoli schemi sono anche specchi in cui abbiamo l'opportunità di vedere noi stessi e gli altri come mai prima d'ora».

Mi stupisce che manchi un paragone che mi pare evidente: la realtà digitale può essere anche una piazza, dove parlare con amici e sconosciuti o dove rimanere in disparte con in mano una Œttinger. Mi sembra un po' esagerato il «come mai prima d'ora»; in fondo anche la piazzetta, nel suo piccolo, «consente di vedere noi stessi e gli altri». Ma è chiaro che l'immensità del fenomeno può far girare la testa: «Ormai ci sono più pagine sul web», annota Chatfield, «che stelle nella nostra galassia». Capisco che l'autore lo definisca «un gorgo vertiginoso, e a volte profondamente inquietante». Ma lo stesso si potrebbe dire di me o di qualunque altra persona che in questo pomeriggio di luglio si trova qui, intorno a questa fontana a forma di barile. Se la tecnologia è inquietante, lo è nella misura in cui gli esseri umani sono e resteranno sempre creature enigmatiche.

Sarà per il caldo, sarà per il nervosismo dovuto all'episodio dell'ubriaco, ma fra due vecchietti scoppia una lite. I toni si fanno roventi. Uno minaccia di andare a casa e di tornare con un coltello, l'altro gli risponde che in cantina conserva il fucile militare con dodici colpi. Il primo se ne va, furibondo. L'altro resta per qualche minuto, ma è di malumore. Alla fine salta sul suo motorino e si allontana, pronunciando a mezza voce un saluto collettivo al quale non risponde nessuno.

Dall'altra parte ci sono tre persone che s'ignorano a vicenda: il primo sta in piedi, con la borsa a tracolla; il secondo siede con le gambe accavallate; il terzo, all'angolo della panchina, fin dal mio arrivo sta scrutando lo schermo del cellulare, senza mai alzare gli occhi. Fra di loro passa come uno spettro l'uomo con la camicia variopinta. Raggiunge una panchina vuota, si siede, allunga un braccio sullo schienale e si accende una sigaretta.

«Oltre la metà degli abitanti della Terra sono contattabili dal resto del mondo, in maniera quasi permanente, attraverso qualche forma di connessione digitale "live"». Penso per contrasto alle forme di comunicazione più antiche e indecifrabili. Le scritte sulla panchina di legno (incise da chi, rivolte a chi, lette da chi?); il cicaleccio dei pensionati, memoria storica ma labile di un quartiere periferico; l'andirivieni delle formiche sulla corteccia degli alberi. Annoto sul taccuino le parole dei vecchietti e i segni sulla panchina. Poi provo a scattare una fotografia della corteccia ma, sebbene ci sia un gran viavai, nell'immagine mi sembra di non scorgere nemmeno una singola formica.

Una donna cammina lentamente, carica di borse della spesa. Nel cielo si addensano nuvoloni scuri e uno dei pensionati si rallegra di non essere venuto in bicicletta. Quello seduto al centro è scettico: «Anche ieri doveva venire il temporale e poi non è venuto». Le nuvole creano una cappa, non si respira. «Per l'uva», dice quello seduto a sinistra, «questo caldo qui ci vorrebbe a settembre, mica adesso».

Intanto, l'uomo con la camicia variopinta ha finito la sua birra e si è spostato accanto a me. A lungo osserva le automobili che passano sulla via, mentre io torno a leggere. «Eppure, è chiaro più che mai che nella nostra vita abbiamo bisogno anche di un po' di tempo per pensare senza distrazioni, interruzioni o reazioni immediate, sia pure da parte delle persone di cui ci importa di più». Sono già le sei. È sempre più caldo. Guardo la fontana e poi in alto, verso le nuvole. Penso che in fin dei conti potrei andare anch'io a comprarmi una lattina di Œttinger, prima del temporale.

Il respiro e la voce

Quando ascolto la musica di John Coltrane, mi sembra di cogliere una fatica e una meraviglia. Fatica: lo sforzo e l'incessante sfida tecnica; meraviglia: la dolcezza di certi passaggi, l'incanto dell'ingranaggio armonico e melodico. Mi chiedo allora se fatica e meraviglia non siano i due poli da cui nasce ogni forma artistica, compresa la letteratura.

In effetti, il mio primo ricordo è la fatica. Da bambino, come succede a molti mancini, formavo le lettere al contrario e creavo grovigli invece di parole. Lo slancio di ciò che volevo dire era frenato da quelle aste, da quelle arcane linee ricurve.

Ancora oggi c'è una frizione nel momento in cui ciò che avverto dentro di me, come potenzialità indefinita, trova un modo di espressione, uno solo, con tutti i suoi limiti. Quello che appare sulla pagina è sempre diverso da quello che avevo in mente: prima di tutto perché ciò che scrivo esiste, mentre ciò che penso è come una vela che passa in lontananza. Dare voce ai personaggi, costruire una storia mi suscita meraviglia. In fondo né la storia né i personaggi mi appartengono; semplicemente, li ho trovati lungo la via.

Ascoltare Coltrane è diventato un modo d'interrogarmi sul mio lavoro. All'inizio non me ne rendevo conto: ero soltanto stupito da quel saxofono insieme impetuoso e limpido, fluviale, serio, sempre teso alla ricerca di qualcosa.

Ero studente e vivevo a Zurigo quando, per caso, mi trovai ad ascoltare *A love supreme* (Impulse, 1964). Si tratta della sua opera forse più celebre: una suite divisa in quattro parti (*Acknowledgement*, *Resolution*, *Pursuance*, *Psalm*), che «è allo stesso tempo *Canzona di ringraziamento* (come l'avrebbe definita Beethoven), professione di fede, autentica dichiarazione di gioia spirituale, applicazione delle ricerche di Coltrane nel campo della modalità e molto altro ancora» (così Carlo Boccadoro nel suo *Jazz*, Einaudi, 2005).

A emozionarmi era soprattutto la parte finale, *Psalm*. Nella mia ignoranza musicale, mi colpiva soprattutto il suono, dolente, misterioso, e le frasi ripetute sopra il rimbombo dei timpani, gli accordi del pianoforte, il lungo strascinio dei piatti. Anni dopo, leggendo qualche libro su Coltrane e in particolare su *A love supreme*, scoprii che in *Psalm* il saxofonista suonò avendo in mente un testo scritto da lui stesso, riportato nel libretto del disco. Sotto la musica, insomma, si nascondevano le parole, e la musica le portava oltre, espandeva il loro significato.

John Coltrane ebbe una vita breve. Nato il 23 settembre 1926, morì a quarantun anni il 17 luglio 1967. I suoi primi dischi come leader uscirono nel 1957: negli ultimi dieci anni di vita continuò a esplorare strade impervie, in una continua, bruciante evoluzione, sorprendendo – e talvolta sconcertando – il suo pubblico. Lui stesso, in un'intervista, definì il suo metodo di lavoro: «Parto da un punto e vado il più lontano possibile». La musica di Coltrane (insieme a quella di molti altri) è per me un'esortazione a percorrere strade nuove, nel mio lavoro e nella mia vita. Questo non significa lasciarsi tutto alle spalle, ma cercare la novità anche nel fluire dell'abitudine. Come scrive il critico musicale Xavier Daverat, «la ripetizione coltraniana è un fenomeno di memoria diretto verso l'avvenire». Si tratta di essere pronti a vivere la fatica, senza abbandonare la meraviglia. Lo stesso Coltrane diceva: «Essere un musicista è un'esperienza davvero unica. Ti permette di andare molto, molto a fondo. La mia musica è l'espressione spirituale di quello che sono: la mia fede, il mio sapere, la mia essenza». E aggiungeva: «Voglio parlare all'anima delle persone».

Di sicuro, Coltrane parlò all'anima di molte persone con la melodia commovente di *Alabama*, registrata il 18 novembre 1963 nello studio di Rudy Van Gelder a Englewood Cliffs (New Jersey). Poco più di un mese prima, il 15 settembre, il Ku Klux Klan aveva perpetrato un attentato in una chiesa battista a Birmingham, in Alabama, ed erano rimaste uccise quattro bambine. Il brano *Alabama* si trova nell'album *Coltrane Live at Birdland* (Impulse, 1963). Nelle note di copertina, lo scrittore Amiri Baraka (pseudonimo di LeRoi Jones) cita una frase dello stesso Coltrane secondo cui il pezzo «rappresenta musicalmente qualcosa che ho visto laggiù e che da dentro di me si è trasferito nella musica».

È impressionante sentire il lamento del sax sopra la batteria «che cresce sullo sfondo come un fenomeno naturale... un tuono che si rinforza, nubi di tempesta o nubi di guerra nella giungla» (Amiri Baraka). Protesta, canto, preghiera: s'intuisce il respiro spezzato dalla sofferenza, lo stupore di un uomo davanti all'assurdità del male. Ma il respiro diventa musica. Il respiro diventa bellezza. Il soffio risale dai polmoni, percorre il tubo del saxofono e piange per quelle bambine, piange per lo strazio di tutti gli attentati. Anche per quelli di oggi; Coltrane non poteva saperlo, ma nel suo pianto risuona il dolore per ogni violenza, per ogni bomba scagliata dall'odio. E in quel pianto l'umanità resiste, anche in mezzo al caos, e afferma una speranza. Il respiro diventa voce.

PS: Le dichiarazioni di Coltrane provengono da vari libri: *Je pars d'un point et je vais le plus loin possible». Entretiens avec Michel Delorme suivis d'une lettre à Don DeMichael* (Éditions de l'éclat, 2012); *Coltrane secondo Coltrane. Tutte le interviste* (2010, a cura di Chris DeVito; l'edizione italiana, stampata nel 2012, è a cura di Francesco Martinelli per EDT); Lewis Porter, *Blue Train. La vita e la musica di John Coltrane* (1998, traduzione italiana di Adelaide Cioni nel 2006 per Minimum Fax); Ashley Kahn, *A Love Supreme. Storia del capolavoro di John Coltrane* (2002, traduzione italiana di Fabio Zucchella nel 2004 per Il Saggiatore). Ho citato anche Xavier Daverat, *Tombeau de John Coltrane* (Parenthèses, 2012).

rOssUrAcArÌ

Mi capita spesso di andare in bicicletta da Rossura a Carì, nella parte alta della valle Leventina (nel Canton Ticino). È una salita ripida, lunga una decina di chilometri. Ho sempre pensato che il suono dei due toponimi, nel mutare delle vocali, riassumesse il percorso: all'inizio, dopo il bivio tra Faido e Rossura, il respiro comincia a farsi difficile (rO), poi l'affanno cresce chilometro dopo chilometro (ssU), finché dopo Campello arriva un tratto pianeggiante per tirare il fiato (rAcA), prima dell'ultimo strappo (rÌ) dove braccia, cuore e polmoni si aggrappano al manubrio.

Viaggiare in bicicletta, anche quando si arranca come nel mio caso, non consente l'immersione nel paesaggio di chi va a piedi; ma non c'è neppure il distacco di un transito in automobile. In bicicletta riusciamo ad afferrare qualche dettaglio – un frammento di frase, un profumo – ma poi siamo già lontani. Quando camminiamo, in un certo senso, facciamo una piccola pausa a ogni passo, mentre in bici il nostro corpo deve piegarsi alle esigenze implacabili di una macchina. Salendo verso Carì, per esempio, sento il battito di un picchio nel bosco, vedo guizzare una biscia in una macchia di rovi; addirittura, a un certo punto, un cerbiatto spaventato mi taglia la strada. Ma è un lampo: appena registro la presenza degli animali, sono già oltre.

A Calpiogna suonano le campane di mezzogiorno. Nell'aria, si diffonde un odore di salsicce alla griglia. Alle finestre c'è un profluvio di bandiere rosse con la croce bianca (il primo di agosto è la festa nazionale svizzera). A Molare, alla fine di un chilometro impervio, appare una catasta di legna che aspetta di consumare il suo destino come falò.

A lungo salgo da solo, poi vengo superato da qualche automobile. Passa pure un idiota che taglia le curve a una velocità folle: mi viene in mente che, se fossi stato in discesa, avrei corso il rischio di venire falciato. Qualcuno sta pranzando fuori su tavoli di legno, altri fanno il bagno in piscina. Seminascosta da una siepe, una fanciulla dal corpo dorato se ne sta distesa a prendere il sole con il petto scoperto. Ma la macchina, come dicevo, è implacabile: tutto si consuma nel flusso dei pedali...

Ci sono cartelli che annunciano case e terreni in vendita. Quando il sole picchia più forte, e la fatica si fa sentire, mi viene in mente che potrei fermarmi qui, come facevano i pionieri che andavano verso ovest: comprare un pezzo di terra, costruire un ranch e mettere su un allevamento di cavalli. L'idea assurda si dissolve nel momento in cui nasce, anche perché la strada sale, s'impenna ancora.

Le curve diventano momenti preziosi, in cui prendere un respiro più lungo prima di alzarsi sui pedali. Sulla sinistra avvisto un cartello che segnala un distributore self service di formaggio, aperto ventiquattro ore su ventiquattro. Mi immagino un buongustaio che, colto da improvviso appetito nel cuore della notte, si arrampichi fin quassù, inserisca la carta di credito e ottenga l'agognato pezzo di Piora o di formaggella.

Un paio di anni fa anche il Giro della Svizzera fece tappa a Carì. Resta ancora qualche segno: una sagoma di ciclista sul tetto di un garage e alcune scritte sull'asfalto. Mi limito a segnalarne tre: 1. un incitamento a Fabian Cancellara, un professionista che nel frattempo si è ritirato (ma il suo nome dura ancora sulle strade); 2. un gigantesco pene maschile, sbiadito ma tenace; 3. lo slogan W IL NOCINO, proprio nel tratto più impegnativo.

La borraccia è ormai vuota. Mi inerpico verso la fontana che mi aspetta alla fine, ai margini di un prato. Solo il primo sorso di acqua fresca interromperà la sofferenza. Perché in fin dei conti andare in salita con la bicicletta è un gesto che provoca sofferenza. Nient'altro. Forse è proprio per questo che mi piace. Non mi aiuta a rilassarmi, non è una cosa divertente, non ha aspetti socievoli (vado sempre da solo), non ho bisogno di perdere peso e non sento l'esigenza di fare sport.

Fra l'altro, mi piace uscire negli orari in cui il sole è a picco: il caldo, il sudore, la tensione nelle gambe e nelle braccia, il respiro spezzato... Ho la sensazione che tutto questo serva a bruciare i pensieri neri, portandomi in una dimensione dove esiste solo il presente.

Il cervello aspetta la prossima pedalata, la prossima curva, e non può soffermarsi nella tristezza. Sebbene questo in realtà non sia del tutto vero: lungo un tratto lontano dagli abitati, in mezzo a un bosco, noto una palla di plastica colorata dentro un tombino. Non ci sono case, nei paraggi, non ci sono ragazzi né piscine. Mi chiedo da dove sia rotolata la palla e quanto durerà, nell'ombra perenne di quel buco. Inevitabilmente, paragono il percorso della palla smarrita al mio, al nostro.

Quando anche noi rotoleremo via, presto o tardi, da quale genere di tombino oscuro dovremo passare?

Mi sembra però che nello sforzo di salire la riflessione non sia del tutto nefasta. Ai bordi della via, ci sono parecchie cappelle con dipinte scene sacre. Una, in particolare, mostra Gesù appena deposto dalla croce nelle braccia di Maria, coperta da un manto azzurro che spicca da lontano. Anche questo dolore immenso si unisce alla mia piccola sofferenza, al mio affanno. Penso alle persone ammalate, penso ai morti che ho conosciuto, li passo in rassegna uno per uno mentre salgo. Può darsi che, in qualche maniera inesplicabile, la mia fatica abbia una doppia funzione: da un lato mi aiuta ad avere ben presenti i morti, il male, la disperazione; dall'altro mi permette di gettare i pensieri nel prossimo giro di pedali, senza indugiare nelle ombre della malinconia.

Quando scrivo ho l'impressione di innescare un meccanismo simile. La differenza è che la salita in bicicletta non costruisce niente, mentre la scrittura lascia un segno che può essere condiviso. Proprio questa prospettiva, la condivisione dell'interiorità che diventa racconto, è ciò che mi motiva a scrivere. A volte però mi capita di chiedermi se il senso più profondo non consista nell'offerta – che sia un romanzo o una salita. Come se fosse necessario offrire la fatica per mettere a nudo frammenti di sé o del mondo.

C'è un brano di John Coltrane che esprime bene questo aspetto: infatti s'intitola proprio *Offering*. Per me il sax tenore di *Offering* è figura di un uomo che s'inerpica su una china, in bicicletta o a piedi, raggiunge l'apice dello sforzo e poi, finalmente, si placa nel respiro libero e lirico della discesa.

Per una cinquantina di secondi Coltrane suona volute di note che si alzano come segnali di fumo (mi pare che riprenda qualcosa da *Aknowledgement*, in *A Love supreme*). È accompagnato da Alice Coltrane al piano, Jimmy Garrison al basso e Rashied Ali alla batteria. Poi, lentamente, cresce l'onda del delirio. Il basso tace, o forse ha sempre taciuto, sopraffatto dalla forza d'urto. Anche Alice Coltrane si ferma, intimorita. Rashied Ali invece incalza Coltrane, lo pungola, lo sferza, e la furia tumultuosa del sax diventa frastuono, urlo, strazio, tensione vibrante verso un oltre che non si lascia afferrare. Infine, cessata la tempesta, tornano gli accordi del pianoforte. Ora il sax è quasi melodico, intriso di tutto ciò che è riuscito a sfiorare lassù, dove il fiato si fa corto e appaiono visioni nel nitore dell'azzurro.

PS: *Offering* si trova nell'album *Expression* (Impulse, settembre 1967). Il brano venne registrato il 15 febbraio 1967; pochi mesi dopo, il 17 luglio, Coltrane morì per un tumore allo stomaco.

VIII.

E toseed tumasăd-t

Fra i Tuareg del Niger ogni ragazzo, al momento della pubertà, deve dimostrare il suo valore affrontando il rischio della solitudine nel deserto. Il giovane si allontana da solo, in groppa al suo cammello, per seguire le tracce di un altro cammello che è stato appositamente liberato tre giorni prima. Il suo compito è seguirne le tracce, ritrovarlo e riportarlo all'accampamento. La seconda parte della prova è ancora più difficile. Prima di poter indossare il turbante che vela il viso, segno di maturità, il ragazzo dovrà passare sette giorni da solo chiuso in una tenda. Per conto mio, credo che non riuscirei a ritrovare un cammello nel deserto; ma ho dei dubbi anche sulla mia capacità di affrontare l'isolamento della tenda.

I Tuareg conoscono tutti i pericoli della solitudine. Per la prima volta, da quando ogni mese torno alla mia piazzetta, anch'io percepisco la minaccia dell'abbandono, la violenza della vita che brucia ogni cosa, come una tempesta di sabbia, e che si lascia indietro i suoi relitti. Non è un giorno afoso, ma il sole picchia. La fontana è un'offerta di refrigerio. Si avvicinano vecchi che inumidiscono un fazzoletto e se lo portano alle labbra, ragazze che riempiono bottiglie di plastica, un cagnolino che ficca il muso nel canaletto di scolo.

Mi siedo nella parte in ombra dell'unica panchina libera. Scatto due fotografie con il telefono, prendo un appunto sul taccuino e poi sfoglio il libro che mi sono portato dietro: Barbara Fiore, *Tuareg* (Quodlibet, 2011).

Anche la piazzetta è un deserto. Forse non nell'accezione comune, ma di sicuro in senso etimologico: il latino *deserere* significa «abbandonare» (composto da *de* + *serere*, legare). L'umanità che approda qui in un pomeriggio d'agosto è per certi versi derelitta: pensionati con i calzoni lunghi e un cappello a proteggere la pelle bianca; un uomo in canottiera, seduto su una panchina esposta al sole; un ubriacone che tiene le birre al fresco nella fontana; una ragazzina magrissima che si siede, guarda a lungo il telefono e poi se ne va. Anch'io, con il mio libro e il mio taccuino, sento che i nodi si stanno sciogliendo e che dentro di me qualcosa rimane allo scoperto, sotto un sole che non perdona.

Un autobus rallenta davanti alla fermata, dove non aspetta nessuno. Nell'aria spiccano i colori delle aiuole e il verde profondo degli alberi.

A qualche centinaio di metri c'è un McDonald's, da cui giungono zaffate di odori: olio fritto, carne, insieme a qualcosa di dolciastro e imprecisato, a metà fra il ketchup e la ciambella glassata.

Il perimetro rotondo della piazzetta aumenta l'impressione di essere fuori dal tempo. Ogni gesto pare una replica. Un bambino incespica verso la fontana, passa un uomo in bicicletta, i vecchietti si alzano e si siedono a turno sulla loro panchina, come se eseguissero movimenti stabiliti in precedenza: le prove generali di uno spettacolo destinato a non andare mai in scena.

Giorno dopo giorno l'estate si trascina in questo frammento di deserto, in cui ognuno fa quello che può per sopravvivere. Le lunghe ore luminose portano verso una serata calda, infinita, e domani tutto ricomincerà. Qualche vecchietto non sarà al suo posto, ma ne arriveranno altri, insieme ad altri ubriaconi, altri cani ansimanti, altre signore in abito lungo color fucsia. Qualcuno si accorgerà della differenza? Chi tiene nota di chi viene e di chi va? Dove si deposita questa vita minuscola, fatta di attese, di chiacchiere, di sguardi persi nel vuoto?

I pensionati stanno parlando di donne. Uno di loro esprime l'opinione che siano «figlie del diavolo». Racconta una vicenda intricata di un suo conoscente, più volte divorziato e ora sposato con una brasiliana di trent'anni più giovane. «Le donne sono più furbe degli uomini», esclama, «ma io sono più furbo di loro: da cinquant'anni me le giro e rigiro!». Alla sua destra, un uomo più anziano e più pallido si limita a guardarlo con la coda dell'occhio, sotto il suo cappello, e mormora a fior di labbra: «Come no». Anche i pettegolezzi, tra il fruscio del traffico e quello della fontana, sembrano appartenere a un mondo remoto, fuori dal confine circolare.

Lîtni ägg Äouenzeg, un cantore tuareg nato nel 1856, compose nel 1886 un poema per un'amica che abitava nella valle d'Âoulien. Dalla lontananza di questa valle, mentre cavalca un cammello bianco, immagina di sentire il tormento dell'amore che cala su di lui e che lo consuma, «bruciante come il vento d'estate». Nella piazzetta invece il vento porta odore di patatine fritte; e perciò, forse, questo deserto è ancora più insidioso. Ma come ogni deserto, potrebbe rivelare anche una promessa. Se uno sa resistere alle banalità sulle donne, alla crudeltà del tempo, all'angoscia della solitudine, forse alla fine otterrà – se non di essere più felice – almeno di conoscere meglio se stesso.

Nel mio taccuino ho copiato un proverbio tuareg, scritto con i caratteri *tifinagh* (un antico alfabeto geometrico, usato da migliaia di anni dalle popolazioni nomadi). Provo lentamente a tracciarlo anche sul legno della panchina. Si pronuncia in questo modo: *E toseed tumasăd-t.* Significa: «Diventa il luogo in cui sei arrivato». Ecco, per sopravvivere al deserto, forse bisogna essere parte del deserto, assecondarne i ritmi, la lentezza. Nel mio piccolo, provo a diventare parte di questa piazzetta fuori dal mondo. E provo a resistere.

PS: Le informazioni sulle prove dei giovani tuareg provengono dal libro di Barbara Fiore che ho citato. Il canto di Lîtni ägg Äouenzeg è tratto da *Chants touaregs recueillis et traduits par Charles de Foucauld* (Albin Michel, 1997; in origine pubblicati da Charles de Foucauld in due tomi, con il titolo *Poésies touarègues*, nel 1925 e nel 1930). Il proverbio è tratto da Mohamed Ag Erless, *Proverbes et dictons touaregs* (Géorama, 2014). In realtà i caratteri *tifinagh* non prevedevano l'uso di vocali, ma oggi si tende a introdurle perché l'alfabeto possa venire impiegato con più scioltezza. Su questo argomento, consiglio di leggere Dominique Casajus, *L'alphabet touareg. Histoire d'un vieil alphabet africain* (CNRS, 2015).

La stanza chiusa

A casa mia c'è una stanza senza porte, senza aperture, con una sola finestra ermeticamente chiusa. Sta sopra la biblioteca, di fianco alla mansarda. Per entrarci, bisognerebbe abbattere una parete, forare il soffitto della biblioteca o spaccare il vetro della finestra. In teoria, appoggiando una scala alle pareti esterne, si potrebbe sbirciare dentro; io però non ci ho mai provato, anche se abito lì da cinque anni.

Quando mi siedo da solo in balcone, per leggere un libro, fumare o ascoltare musica, mi capita di alzare gli occhi verso la finestra chiusa. Allora provo una sensazione strana, come se i miei occhi si affacciassero su un territorio inesplorato. In fondo, è un luogo dove nessuno può mettere piede. È uno spazio irrimediabilmente distante, come uno sperone di nuda roccia negli anfratti di una montagna, o come una navicella perduta nelle solitudini dello spazio.

Mi capita di parlarne a qualche amico, mentre beviamo qualcosa prima di cena. In genere, gli amici contemplano la finestra con una blanda curiosità. Ma se insisto, se ripeto che non so che cosa ci sia all'interno, nelle loro pupille si accende un lampo, simile a quello che appare negli occhi di un navigatore quando approda a un'isola non segnata nelle carte. È la valle segreta, il pianeta inesistente, la casa stregata, la radura nel cuore della giungla. È una stanza in una casa qualunque, a Bellinzona, ma è anche il simbolo dell'ignoto.

L'edificio risale credo agli inizi del Novecento, se non prima. Non so perché l'architetto che l'ha restaurato abbia voluto chiudere quella stanza: forse per risparmiare. Certo, non posso fare a meno di immaginare che il loculo nasconda segreti sconvolgenti. C'è solo l'imbarazzo della scelta.

1. Qualcuno è stato murato vivo, anni fa, e il suo fantasma si affaccia pallidamente alla finestra nelle notti di luna piena. 2. È il rifugio di un super eroe, il quale accede all'interno grazie a super poteri che gli consentono di passare attraverso i muri. 3. Era il covo di un serial killer, con i resti delle sue vittime. È stato chiuso proprio dal killer, per cancellare le prove (o forse anche l'assassino è murato nella sua «stanza degli orrori»?). 4. È la base operativa di una spia, nella quale si entra mediante un passaggio segreto abilmente dissimulato. 5. È una macchina del tempo, allestita da uno scienziato nel 3978: grazie alla tecnologia sofisticata del quarantesimo secolo, si può entrare e viaggiare verso il passato o il futuro. 6. È un ponte dimensionale per un universo parallelo. 7. È il nascondiglio di un tesoro inestimabile, raccolto da un rapinatore in decenni di colpi fortunati: montagne di lingotti d'oro, monete di ogni valuta, gioielli, pietre preziose.

Potrei continuare. Ma se appoggiassi la scala al muro e dessi un'occhiata, tutte queste ipotesi svanirebbero come neve al sole (o lacrime nella pioggia). La verità è che luoghi mai visti, qualche volta, accendono la fantasia più dei viaggi reali. In fondo quando leggiamo, quando guardiamo un film o ascoltiamo un racconto, vogliamo addentrarci in regioni sconosciute. Anche quando si tratta di posti che conosciamo e situazioni note, l'atto narrativo è sempre un viaggio di scoperta. È questa la forza delle storie: nel momento in cui indagano la nostra intimità, esse ci conducono verso sentieri nuovi, misteriosi. Come diceva lo scrittore Giuseppe Pontiggia, la letteratura «svela quell'ignoto che non ci è estraneo».

Il movimento dell'arte è sempre duplice: è un'indagine su ciò che siamo, su ciò che desideriamo, e allo stesso tempo è uno sguardo spalancato sulla varietà del mondo. Dentro e fuori di noi, troviamo una realtà fatta di contraddizioni: pozzi profondi di male accanto a inaspettati bagliori di bellezza. Ci sono panorami sconfinati, sentieri angusti e, qualche volta, stanze chiuse.

La vita della mia famiglia si svolge intorno a quello spazio inaccessibile, da cui riverbera un continuo alone di mistero. Le parole della quotidianità penetrano appena nel cubicolo, insieme ai raggi del sole che oltrepassano i vetri opachi della finestra. Per il resto, là dentro, tutto è immobile e silenzioso.

Nel 1956 lo scrittore Giovannino Guareschi, sul settimanale «Candido», racconta una situazione simile: «Ricordo che quando ero ragazzo, per quindici anni ho abitato a Marore. E siccome ero tutto il giorno a cavallo della bicicletta, conoscevo tutte le strade e le viottole dentro un raggio di dieci chilometri. Una sola strada non ho voluto mai percorrere sino in fondo: ed è quella che comincia dalla casa rossa. Arrivato alla casa rossa mi sono sempre fermato. E ancor oggi, e così sarà negli anni successivi, non so dove vada a finire. Non lo so e non lo voglio sapere. È un errore voler vedere e conoscere tutto: bisogna lasciare dei pascoli per la fantasia».

Guareschi conosceva alla perfezione il suo territorio, proprio perché era abituato a lavorare sulla quotidianità di un mondo piccolo per dimensioni, non certo per profondità e ricchezza di materiale umano. Ma sentiva il bisogno di non trascurare il mistero, di non dare per scontato lo scenario dei suoi racconti.

La fantasia, così come i muscoli o l'orecchio musicale, va tenuta in allenamento. Per uno scrittore, l'allenamento più proficuo consiste nella lettura, insieme all'attenzione verso le storie che capitano intorno a noi. Ma anche una stanza chiusa sopra la biblioteca può fare la sua parte. Quando sono nel mio studio a scrivere, al pianterreno, e non c'è nessun altro in casa, mi succede talvolta di sentire un rumore insolito, come un passo pesante che si trascina. Salgo le scale, rimango in ascolto. Il rumore si ripete. Vuoi vedere che...? Per un attimo rimango con il fiato sospeso. Poi scendo le scale e torno a scrivere.

PS: Se qualcuno volesse ammirare con i suoi occhi la stanza chiusa, respirarne l'atmosfera da vicino, ascoltarne il silenzio, osservare i bagliori del sole sul vetro... Be', si può fare. Se siete un bel gruppo, vedrò di organizzare una visita guidata con uno sconto comitive.

PPS: Pontiggia dà la sua definizione di letteratura nel volume di saggi *L'isola volante* (Mondadori, 1996). Il brano di Guareschi proviene da *Fantasie della Bionda (scene da un romanzo all'antica)*, pubblicato nel 1995 da Rizzoli a cura di Carlotta e Alberto Guareschi.

La bambina che voleva essere una sirena

«Se vuoi diventare una sirena devi fare così», diceva Irene. Ma Viola era perplessa: come si fa a stare sott'acqua per un minuto? «È facile», Irene rideva, «io ci riesco, ho provato con l'orologio».

Le due bambine parlavano nell'angolo dietro la legnaia, e non si erano accorte della mia presenza. Del resto la conoscevo già, quella leggenda, Irene me la ripeteva tutti i giorni. Se una bambina di dieci anni s'immerge per un intero minuto nell'acqua, nel plenilunio più vicino al giorno del suo compleanno, allora avviene un incanto: la bambina diventa una sirena. Io rispondevo con un sorriso indulgente. Ma a dieci anni le sirene sono qualcosa su cui non si scherza.

«E poi chi vuole diventare una sirena», protestava Viola. «Tu t'immagini la puzza di pesce? Con quella coda viscida, che schifo, e come fai a camminare?»

Irene rispondeva a bassa voce, come se parlasse tra sé: «Che importa camminare, quando sei la regina dei sette mari?»

Viola, inscalfibile: «Ma chi te l'ha detto che i mari sono sette?»

A quei tempi stavamo in villeggiatura da giugno a settembre. Tre mesi in montagna, una comunità di madri e ragazzini con i padri che affioravano il venerdì sera, pieni di stupore per l'aria fresca e per come ce la passavamo bene. C'era una sola cabina telefonica, all'angolo della piazza, ma usarla troppo pareva sconveniente. Non avevamo la tivù, naturalmente, e per combattere la noia c'erano la radio, i pettegolezzi, i Gialli Mondadori e le passeggiate verso la cascata.

Proprio alla cascata, un pomeriggio d'agosto, sorpresi Irene in costume da bagno mentre preparava il suo Grande Passaggio, come lo chiamava lei. C'era pure Viola, furibonda: «Io non voglio che diventi una sirena!». Irene non le badava. «E poi cosa farai dentro questa pozza, insisteva l'altra, questi non sono mica i sette mari!»

Da molto lontano Irene le rispondeva: «Per le sirene, l'acqua porta sempre all'acqua. Da qui si passa nei Profondi Mari Sotterranei che vanno fino all'Oceano... e ora devo dirti addio...»

A quel punto la buttai sul ridere: «Ma adesso non c'è il plenilunio, bambine, allora non vale!»

Irene mi guardò: «Il plenilunio va da mezzodì fino a mezzodì del giorno dopo, quindi ci sono ancora dieci minuti»

Mi stavo chiedendo dove mai avesse imparato a dire «mezzodì» quando Irene entrò nella pozza, proprio sotto la cascata, e s'immerse.

Io aspettai quindici secondi, forse trenta. Poi la sollevai e le dissi: «Irene, stai bene? Vieni fuori, dai, non vorrai mica affogare!»

Irene non me lo perdonò.

Passò mezzodì, passò anche l'estate. Nei mesi successivi più volte mi rinfacciò di avere stroncato la sua carriera di sirena. Poi fu presa da altre cose, altre amicizie. S'innamorò, andò in campeggio, entrò in un gruppo di teatro. Crescendo conservò quel suo fare etereo, sempre un po' remoto. Le piacevano gli spettacoli di danza, le barche a vela, gli abiti lunghi e i cappelli di paglia. Dopo il liceo s'iscrisse a medicina. Resistette un anno, deviò su psicologia e infine trovò la sua strada con architettura.

Forse, con il tempo, è riuscita a perdonare...

Oggi ha quarantasette anni e lavora a metà tempo come designer in uno studio. Si è sposata tredici anni fa. Quando posso aiuto lei e Giampaolo e mi occupo dei piccoli, anche se mi accorgo dell'età che avanza. Con i bambini non è difficile, loro sono sempre uguali. Ma la villeggiatura, per esempio, oggi la chiamano vacanza. Si va e si viene. La sera si accendono i grill e nessuno sa dove sia finita la cabina telefonica.

In ogni giardino è comparsa una piscina, però qualche volta andiamo ancora alla cascata. L'altro ieri ho accompagnato Irene con i bambini. Matteo stava giocando per conto suo mentre Elisa, me ne sono resa conto in un lampo, si stava preparando al Grande Passaggio.

Anche lei compie gli anni in agosto, proprio come sua madre. E sono già dieci anni. Guardo Irene, mi accorgo che ha capito: stanotte c'è la luna piena.

Intanto Elisa indossa gli occhiali. Stringe nel pugno l'orologio digitale con funzione subacquea. Infine, lentamente, s'immerge.

Con gli occhi, chiedo: non la vuoi fermare?

Aspetta, mi risponde Irene in silenzio. Aspetta.

Poi Elisa è riemersa, respirando avidamente, riempiendosi i polmoni d'aria. Irene l'ha accolta con un sorriso e io, lo ammetto, non ho potuto fare a meno di sporgermi verso di lei, sbirciando sotto il pelo dell'acqua scura.

Mi rendevo conto che era assurdo, ridicolo, quello che volete, però ho allungato il collo e ho controllato. Ho guardato se, al posto delle gambe, fosse apparsa una lunga coda piena di squame, una coda argentata, flessuosa e scintillante.

IX.

L'ultima tigre

Mi ha punto una zanzara.

Un giorno di fine settembre, a Bellinzona, sono stato aggredito senza pietà da una *Aedes albopictus*, meglio conosciuta come zanzara tigre. A Bellinzona, capite? A circa 46 gradi di latitudine Nord e 9 gradi di longitudine Est. A poco più di duecento metri sul livello del mare e con una temperatura di venti gradi.

Altre zanzare in giro, a Bellinzona, non se ne vedono. Sono tutte morte, oppure sono piombate nella diapausa invernale, cioè stanno dormendo serenamente nel tepore di un sottovaso, di un garage o di un albero cavo. Ma la mia zanzara invece no. Lei è una guerriera, una che resiste: disprezza da lontano la viltà delle sorelle, ignora i segnali dell'autunno, se ne infischia del freddo e delle prime foglie ingiallite. Magari non ha nemmeno sete di sangue, ma il suo onore di tigre solitaria esige che vada a caccia e che conficchi il rostro nel mio avambraccio, pronta a morire come muoiono gli eroi. In realtà poi è sopravvissuta: appena mi sono accorto dell'assalto, ha fatto perdere le sue tracce (avrà pensato che sì, va bene morire come un eroe, ma senza fretta).

Eccomi dunque con la mia lesione pomfoide pruriginosa, mentre intorno – ignari della tigre che prepara l'agguato – i frequentatori della piazzetta passano il pomeriggio nelle solite attività: pettegolezzi, birra, WhatsApp.

Gli sventurati non sanno che, come informa in un documento il Gruppo cantonale di Lavoro Zanzare, la belva «sosta frequentemente sugli indumenti, rimanendo silente a lungo». Ma forse siamo fortunati, forse la Sanguinaria si è spinta verso altri territori di caccia. Dicono che si sposti poco – circa 100 metri all'anno – ma potrebbe aver usufruito di un passaggio: la zanzara tigre, infatti, «entra facilmente in un qualsiasi mezzo di trasporto (automobile, camion, ecc.) inseguendo la sua preda (uomo)».

Oggi sembra che io sia l'unico esemplare della sua preda (uomo) ad aver subito il prelievo di sangue. Mi gratto l'avambraccio e apro il libro che ho portato con me: Filippo Strumia, *Marciapiede con vista* (Einaudi, 2016). Il titolo si addice alla situazione, perché dalla mia panchina il panorama è interessante: il va e vieni di pensionati e adolescenti, l'arrivo e la partenza degli autobus, la vita minima di un quartiere periferico.

Qualcosa accade qui e ora, qualcosa che sembra niente ma che invece è un momento irripetibile nel tempo. In due versi fulminei, Strumia annota: «Non posso dire adesso / senza averne nostalgia». Mi accorgo che la mia nostalgia non è tanto perché l'istante fugge, quanto perché intuisco di non appartenere al mondo in cui mi trovo.

Il gruppo dei pensionati discute di calcio, un uomo di mezza età mette due lattine di birra nella fontana. Quattro ragazzi, due maschi e due femmine, si siedono nella panchina accanto alla mia. Poi una delle ragazze riceve un messaggio che la manda in agitazione, tanto che trascina l'amica dalla parte opposta della piazza, per un consulto. I due maschi non fanno commenti e fumano in silenzio. Quando le ragazze tornano, una sta dicendo all'altra: «Ma se lui vede che hai letto e tu non rispondi, poi pensa che sei d'accordo!». «Oh» esclama l'amica. «E allora che cosa faccio?»

Che cosa faccio? È la domanda che mi pongo anch'io. I ragazzi, l'uomo con la birra, una famiglia in bicicletta, i pensionati che sanno tutto di tutti, ognuno qui ha un ruolo, ognuno vive il pomeriggio di festa con pienezza di azione e di pensiero. Invece io mi limito a guardare gli altri e a chiedermi lo scopo di questi andirivieni domenicali, di queste partite di calcio, di questi messaggi con o senza risposta.

Prendo appunti sul mio taccuino. «E tornano a cadere / parole dalle cose, / e cosa fare di questo / stare qui è la domanda / da dimenticare». Purtroppo non sono mai riuscito a dimenticare una domanda. Se nei mesi scorsi ogni tanto mi è parso di partecipare alla vita della piazzetta, oggi percepisco la mia estraneità: sono arrivato, ho letto il mio libro, non ho parlato con nessuno.

L'uomo con la birra ha scovato una stazione radiofonica sul cellulare. Il miagolio della musica nasconde le parole dei pensionati, prima di venire a sua volta coperto da un gruppo di motociclisti. Mi alzo e mi avvicino alla fontana, concentrandomi sul fruscio dell'acqua. Fra poco me ne andrò, con la consapevolezza di essere irrimediabilmente straniero, anche qui, in una piazza della mia città. L'essere vivente al quale più mi sono avvicinato è quell'estremo esemplare di *Aedes albopictus* (anzi, si è avvicinata lei).

C'è una lirica di Strumia che sembra scritta apposta: «L'autobus ritarda, / sei nel luogo dove stare. / Guarda la zanzara, / chiedile un parere, / ragiona sui lampioni / con i pipistrelli». Non ho conversato con la Sanguinaria, mentre per i pipistrelli mi sembra troppo presto. Taglio attraverso l'aiuola, ancora sfolgorante di colori, e me ne torno a casa.

Investigando marciapiedi, lampioni, panchine e tombini, Strumia esprime in parte questa sensazione di lontananza dal mondo, di solitudine. «Chiudi tutto e vai a zonzo. / Soffrire di pensieri / è difetto di presenza. / Per sapere d'esser qui / serve un ragno, / un disegno col gessetto / cancellato per metà, / forse un pezzo di pneumatico / scoppiato, / un randagio che ha lo sguardo / dei tuoi occhi». Mi pare che le parole «difetto di presenza» dicano bene il mio essere escluso. Naturalmente ho persone che mi sono accanto ma qualche volta, come un «randagio», mi taglio fuori da ogni forma di vicinanza. E se scrivo, quando scrivo, è anche per ritrovare una forma di contatto.

Lungo la strada, passo accanto a un bidone per la spazzatura su cui campeggia un annuncio a lettere cubitali: ESTRANEI CHE GETTANO SACCHI NON UFFICIALI VENGONO DENUNCIATI.

Mi fermo a guardare. Trovo significativo che non venga punita soltanto l'infrazione («gettano sacchi non ufficiali»), ma anche il fatto che sia perpetrata da «estranei». Inoltre, punita da chi? Non è precisato, e perciò la minaccia suona ancora più fosca: «vengono denunciati», senza complemento d'agente. Non ho la minima intenzione di gettare sacchi nel bidone (soprattutto sacchi non ufficiali), ma in qualche modo mi sembra che l'avviso voglia mettere in guardia anche me: attento, resti comunque un estraneo. Un randagio. Uno che viene da fuori. Ma sta' tranquillo che noi ti teniamo d'occhio.

Oggetti smarriti

Il ragazzo con i capelli rossi e il viso cosparso di efelidi, seduto nell'atrio della Gare de Lyon, sta scrutando la confezione di un prodotto contro gli acari, la cui efficacia è garantita al cento per cento. Ha alzato gli occhiali sulla fronte e tende il viso aguzzo, strizza gli occhi miopi, corruga la fronte nello sforzo di studiare, di capire come quel portentoso unguento gli consentirà di sconfiggere i nemici che si celano nella polvere.

Seduto di fronte a lui, pochi minuti prima di partire da Parigi, mi chiedo se anche i miei ricordi più volatili, quelli che tengo nel solaio dei pensieri, verranno sterminati dalla furia anti-acari del ragazzo lentigginoso. Lo vedo rileggere le istruzioni per l'uso e accennare un sorriso. Allora apro il taccuino e cerco di fissare questi giorni d'agosto.

Fra i molti modi in cui si può pensare a Parigi, mi piace immaginarla come un immenso Ufficio degli Oggetti Smarriti. Ogni volta che ci vado perdo qualcosa, impercettibilmente, in qualche strada mai vista prima, e ogni volta trovo qualcosa che non conoscevo, o che avevo dimenticato di conoscere.

Nel maggio 2015, scendendo da Montmartre, vidi per caso una testa di clown dietro la vetrina di una galleria d'arte. Mi fermai, la fotografai in fretta con il telefono. Da allora quel clown, dipinto da Bernard Buffet nel

1955, è rimasto nella mia mente (e nel mio telefono). Mi sembra che dica qualcosa di me, e talvolta permette di verificare la mia esistenza in maniera più efficace che guardandomi allo specchio. Quest'anno ho cercato di nuovo la galleria, per rivedere il mio clown, ma senza successo: oggetto smarrito.

Nel suo libro *Impératif catégorique* (Seuil, 2008), l'autore francese Jacques Roubaud racconta di quando abitava in Rue Notre-Dame-de-Lorette e si sedeva spesso al *café* Joconde, in cui c'era una riproduzione della *Gioconda* dipinta da un certo Mérou.

«Ho scritto una poesia in onore della Gioconda di Mérou» racconta Roubaud «e nelle "letture pubbliche" raccomando sempre ai miei uditori di andarla a vedere. Spiego loro che andare a vedere al Louvre quella del suo "plagiario per anticipazione" è difficile, poiché ci sono almeno un milione settecentonovantacinquemilaseicentosei Giapponesi che premono davanti a lei; mentre là, all'angolo della Rue de la Rochefoucauld e della Rue Notre-Dame-de-Lorette, la folla è meno compatta e si può contemplare a piacere la Gioconda».

Il volume di poesie dello stesso Roubaud intitolato *La forme d'une ville change plus vite, hélas, que le cœur des humains* (Gallimard, 1999) può essere usato quasi come una guida di Parigi. C'è anche la lirica dedicata alla *Gioconda*, che comincia così: «I veri intenditori / per veder la Gioconda / non vanno in capo al mondo / e nemmeno al Louvre // Vanno all'angolo della Rue / de la Rochefoucauld e della Rue / Notre-Dame- / de-Lorette / entrano nel caffè / lei è là // Il dipinto è sul muro / beige e crema / la cornice è beige e crema e un po' arancione / la tela è firmata / di pugno dall'artista / E. / Mérou.

/ È la Gioconda / la Gioconda di Mérou». Ma le città cambiano e gli oggetti si perdono. Oggi il *café* Joconde è diventato il *café* Matisse. Era chiuso per ferie. Sbirciando dai vetri ho visto molte riproduzioni di Matisse e nessuna *Gioconda*. Di nuovo: oggetto smarrito.

Balzando da un poeta all'altro, si potrebbe dire con Jean Tardieu: *J'ai beaucoup voyagé / et n'ai rien retenu / que des objets perdus*» («Ho molto viaggiato / e niente trattenuto / se non oggetti perduti»). Ma forse proprio questi lampi di smarrimento, questi chiaroscuri della memoria sono ciò che segnano Parigi d'agosto. Lo stesso Tardieu, in epigrafe a *Le fleuve caché* (Gallimard, 2013), scriveva: «Tutta la mia vita è segnata dall'immagine di questi fiumi, nascosti o perduti ai piedi delle montagne. Come loro, l'aspetto delle cose s'immerge e si gioca fra la presenza e l'assenza. Tutto ciò che tocco è per metà di pietra e per metà di schiuma».

Il concetto di presenza/assenza riassume ciò che si prova camminando. La natura della città si mostra nella spaccatura fra l'interno e l'esterno, l'alto e il basso, l'intimo e l'enorme.

Nelle profondità della metropolitana, un uomo viaggia accanto a un drone appena acquistato e ne accarezza la scatola, tutto contento; per un istante, la presenza di quel drone sembra sollevarci tutti e portarci fuori, all'aria aperta.

Una macchina lunga e nera si ferma davanti a un edificio austero. Un passante chiede: «Ma è una limousine o un carro funebre?». E la ragazza di fianco a lui: «Perché, c'è differenza?»

Il centro commerciale a Les Halles, all'ora di chiusura: serrande abbassate, griglie di metallo, vetrine oscurate, scale mobili che salgono e un moto di sorpresa nello scoprire che, fuori, c'è ancora la luce dorata sui monumenti.

Anche i pazzi che gridano per strada riecheggiano una lacerazione: la donna che ogni sera si aggira per il Quartiere Latino, rimproverando il mondo ad alta voce, o il vecchio barbone americano che esprime i suoi interrogativi su *this fucking Paris* in pieno Boulevard Saint-Michel.

Basta poco per scivolare dalla Parigi esterna e visibile a quella interna e velata. La vertigine multicolore della Sainte Chapelle, dove lo spettacolo delle vetrate si mescola a quello dei turisti con il naso all'insù. Il fervore silenzioso della Chapelle de la Médaille Miraculeuse, in Rue du Bac, a pochi passi dalle vetrine sontuose del Bon Marché. La quieta freschezza di un tè alla menta al bar della Grande Moschea. Lo sguardo senza tempo dell'axolotl, al Jardin des Plantes, che ho ritrovato esattamente nella stessa posizione in cui lo avevo lasciato due anni fa. Il retro del palcoscenico del cinema Le Grand Rex, dove si aggirano fantasmi in bianco e nero; l'ombra accogliente dei bistrot; gli eterni anni ottanta del bar Breakfast in America; le partite di *pétanque* e l'assenza/presenza del commissario Maigret in Place Dauphine.

Al Museo d'Orsay, non sapendo più davanti a quale classico arenarmi, ho scelto di partecipare al *Bal au moulin de la Galette*, così come lo vide Renoir nel 1876. Ma non in prima fila: mi sono messo sulla sinistra e ho fissato un punto periferico, dove gli esseri umani appena accennati diventano macchie di colore.

Succede qualche volta, nella vita, di sentirsi figure sullo sfondo di un dipinto: la festa trascina i personaggi visibili in primo piano mentre noi, nel nostro angolo, con la nostra sensibilità, tentiamo di capire le ragioni della nostra presenza/assenza.

Perché qualcosa ci appartenga è necessario fissarla a lungo o ascoltarla senza distrazioni. Bisogna andare, vedere e poi tornare di nuovo. Succede con i quadri, ma anche con le parole smarrite.

In Place de la Contrescarpe, tagliando fuori ogni altro suono, mi sono concentrato sulla frase di contatto dei camerieri, che tornava ad accendersi uguale, sempre con la stessa intonazione: «*Bonjour! Vous avez choisi?*». Le parole dentro di me hanno superato il loro significato e sono diventate una frase musicale: sib-sol, fa-fa-fa-fa-sol...

Dalle parti di Rue Lepic, mi sono fermato a sfogliare il libro di Roubaud. «Scendevo questa via che era diritta, inclinata di sole, tra automobili di una lentezza imprecisa. Scendendo questa strada, avevo la sensazione di un passato, di un lontano passato, di un'altra strada. [...] Quella strada là, che non era questa strada qui, come sarebbe tornata presente, come si sarebbe presentata, mentre camminavo, inseguito dal sole, dallo scintillio degli alberi, le pieghe di polvere?».

La domanda è di quelle urgenti, perché tutte le strade del nostro qui e ora contengono strade inghiottite dall'oblio e promettono strade future. Si può evitare che ciò che vediamo divenga come l'illustrazione di una rivista, sempre più stinta con il passare degli anni? Come combattere il prodotto anti-acari garantito al cento per cento? O in altre parole, dove trovare il bandolo che possa legare le Parigi del passato e le Parigi del futuro, con tutti i loro oggetti smarriti e ritrovati?

Passant,
regarde ce grand
il peut suffire
Car même
c'est toute
l'oiseau s'y
le vent y bouge, le soleil
y dit le même espoir malgré
la mort.
Philosophe,
as-tu chance d'avoir l'arbre
dans ta rue,
tes pensées seront moins ardues,
tes yeux plus libres,
tes mains plus désireuses
de moins de nuit.
Pierre Alechinsky
Yves Bonnefoy

Credo che la risposta stia nel paradosso. Fuori dalla Grande Moschea, in una libreria in Place du Puits de l'Ermite, ho comprato una versione del *Divân*, l'opera più celebre del poeta persiano Khāje Shams o-Dīn Moḥammad Ḥāfeẓ-e Shīrāzī, detto Hāfez, vissuto a Shirāz fra il 1315 e il 1390. Sfogliando il volume, ho trovato due versi che racchiudono il paradosso: «Ho lo spirito sereno presso l'Essere che dona la pace, / Colui che all'improvviso ha tolto la quiete dal mio cuore».

Questa condizione di pace inquieta serve a tenere desta l'attenzione: fungendo da pungolo, permette a ogni viaggio di farsi significativo, nonostante il pericolo della dimenticanza. La mia fatica è di essere presente in ogni momento, pure in quelli vuoti, cercando di trasformare la malinconia in serenità inquieta. Tale operazione non viene compiuta dall'atmosfera né dalla novità del paesaggio, ma richiede la presenza dei compagni di viaggio.

Ci pensavo al museo Pompidou, davanti all'opera *Senza titolo* realizzata da Robert Ryman nel 1974. Sostanzialmente si tratta di un trittico monocromatico: tre grandi pannelli (182×546 cm) laccati di bianco. Quello spazio sterminato, quel campo dove tutto è possibile non si lascia comprimere nei confini di un luogo fisico. L'aspetto più misterioso di ogni viaggio, per quanto attraversi posti esotici e meravigliosi, consisterà sempre nei viaggiatori stessi. Più dei monumenti, più delle opere d'arte, più dei sapori e degli odori.

Davvero c'è la speranza che rimanga qualcosa di una strada percorsa nella fragilità del presente?

Se tale speranza esiste, essa non può che nascere nell'intesa, nello scambio, in quella strana alchimia di silenzio e parola che accade quando il viaggio sta già diventando il racconto del viaggio. Gli aperitivi, le cene, i pranzi nei giardini pubblici o in una fritteria, le frasi scambiate al volo, i momenti dove nessuno dice niente. È in questi interstizi che il grande Ufficio degli Oggetti Smarriti può concedere i suoi doni segreti.

Insieme all'inevitabile smarrimento, la città è pronta a offrirci qualcosa che – pur essendoci ignoto – riconosciamo come nostro: per esempio l'Arbre Bleu, dipinto nel 2000 da Pierre Alechinsky in Rue Descartes. L'opera è affiancata dai versi scritti appositamente da Yves Bonnefoy: *[...] Car même déchiré, souillé, / l'arbre des rues, / c'est toute la nature, / tout le ciel, / l'oiseau s'y pose, / le vent y bouge, le soleil / y dit le même espoir malgré / la mort [...]*» («Perché anche lacerato, sporco, / l'albero delle strade / è tutta la natura, / tutto il cielo, / l'uccello si posa / il vento si muove, il sole / dice la stessa speranza nonostante / la morte»). Questo viaggio a Parigi, nel cuore di agosto, è stato per me come un albero blu che resiste alle intemperie. Un albero che invita a fermarsi per bere qualcosa sotto le sue fronde, con animo serenamente inquieto.

PPS: I versi di Tardieu sono tratti dallo stesso volume di cui cito l'epigrafe. Le traduzioni in italiano sono sempre mie, compresa quella di Hāfez (il volume che ho comprato: Hāfez de Chiraz, *Le Divân. Œuvre lyrique d'un spirituel en Perse au* XIVème *siècle*, a cura di Charles-Henri de Fouchécour).

I maiali di Zhang Yu

Quando in Cina regnava la dinastia dei Wu, nel terzo secolo dopo Cristo, avvenne che una donna assassinò suo marito, bruciando poi la casa per far credere che l'uomo fosse morto in un incendio fortuito. Il fatto è raccontato nel *T'ang Yin Pi Shih*, un manuale di giurisprudenza cinese scritto nel 1211. La famiglia del marito trascinò la donna in tribunale, dove questa proclamò a gran voce la sua innocenza. Allora il magistrato, un certo Zhang Yu, ordinò che fossero portati due maiali.

Il primo lo fece ammazzare, il secondo lo lasciò in vita. Poi chiuse entrambi i maiali in una baracca e le diede fuoco. Alla fine esaminarono la bocca delle due povere bestie: quella del maiale ucciso prima dell'incendio era vuota, mentre quella del maiale morto tra le fiamme era piena di cenere. Zhang Yu fece portare il corpo del marito e disse alla moglie: «Vedi, nella sua bocca non c'è nessuna traccia di cenere. Come puoi dire che sia morto nell'incendio?»

Di fronte all'evidenza scientifica, la donna confessò il delitto.

Quando ho letto questo episodio, in un libro trovato a Shangai, ho compreso che tra le varie invenzioni cinesi c'è anche il racconto poliziesco. Questo caso, insieme agli altri 143 riportati nel manuale, non è altro che un «giallo», il più antico di cui si abbia conoscenza.

Da allora fino a oggi, i cinesi continuano a sfornare polizieschi. Invitato a Pechino e a Shangai, in occasione della Settimana della lingua e della cultura italiana nel mondo, ho incontrato alcuni autori. Eravamo nella sede dell'Associazione nazionale scrittori, situata in una splendida villa (un tempo residenza di un industriale arricchitosi con il commercio dei fiammiferi). Abbiamo discusso del nostro mestiere e uno di loro mi ha rivelato che sono liberi di scrivere tutto ciò che desiderano – furti, rapimenti, omicidi – purché non dicano male della polizia.

Erano gentili e curiosi. Uno, sulla quarantina, ha creato una rivista che vende otto milioni di copie. Un'altra invece, appena laureata, ha aperto un blog dove pubblica testi e fotografie. Tutti volevano sapere una cosa: come si fa a vivere in un paese come la Svizzera, dove siete tanto pochi e non parlate nemmeno la stessa lingua?

Non lo so nemmeno io, ho risposto. Ci proviamo.

All'inizio si nota sempre la diversità. Poi si discute, si beve un tè o una birra insieme, ed emergono le somiglianze. La meraviglia di fronte all'immaginazione, per fortuna, è universale. Nella città vecchia di Shangai, tra mercanti di cibo, bambole, orologi e utensili, c'è anche un venditore di storie. Dietro un paravento vengono proiettate delle immagini. Davanti al banco la gente fa la coda per accostare gli occhi a una fessura e per ammirare marinai, guerrieri e sirene. La voce del narratore racconta in cinese una vicenda di amore e avventure. Anch'io ho visto, ho ascoltato e non ho capito una parola. Ma ho intuito che si trattava di un eroe che cerca di tornare a casa dopo una battaglia, e mi è parso di ritrovare un vecchio amico. Il naufragio, i pericoli, la nostalgia: l'uomo chiamato Nessuno, in ogni epoca e in ogni paese, è ognuno di noi.

Nel parco Fuxing, a Shangai, il mattino c'è sempre movimento. Gruppi che si trovano per cantare, altri che s'impegnano nel Tai Chi o negli scacchi, illusionisti, barbieri pubblici che offrono taglio di barba e capelli. In un angolo, c'è anche un uomo dedito alla calligrafia. Intinge un pennello nell'acqua e sul vialetto riproduce gli ideogrammi di un poema antichissimo. Con mirabile precisione disegna ghirigori complessi, mentre il sole asciuga l'acqua, tanto che alla fine del poema già l'inizio sta scomparendo. Ecco una cosa che fa riflettere uno scrittore: anche i poemi più antichi e durevoli, in fondo, sono scritti con l'acqua.

Affollate sale d'aspetto ferroviarie, automobili di lusso che sfrecciano accanto alle lanterne rosse di una strada periferica. Grattacieli lucidi come specchi e sobborghi fatti di baracche, boutique alla moda ai bordi di un labirinto di cortili pieni di masserizie. La Cina è un paese di contraddizioni, senza dubbio, anche se quale paese non ne ha? In Cina però tutto è più grande, il paese cresce a un ritmo tale che anche gli adolescenti non riconoscono più la città della loro infanzia. Come mi ha detto un ragazzo di Pechino: ogni tanto vorrei annoiarmi.

Per fortuna l'agguato della fantasia può arrivare nel centro del caos. C'è un mercato a Shangai dove vendono fiori, uccelli e insetti. Centinaia di scatoline con grillo portafortuna e gabbiette con uccellini, in un dedalo di bancarelle, tavoli, venditori e minuziosi acquirenti che verificano la merce. Al centro del mercato, provate a chiudere gli occhi per qualche secondo. Di colpo, vivrete un'esperienza di simultaneità: il cinguettio degli uccelli vi porta all'istante in un bosco, ma il frinire dei grilli vi dice che siete in mezzo ai campi, mentre il brusio umano vi ricorda una piazza. La domanda è: dove siete, in realtà? In Cina, naturalmente. Ma anche altrove. La cosa migliore di un viaggio non è tanto ammirare i luoghi che si vedono, quanto immaginare quelli che non si vedono.

X.

Pispillòria

Qualcuno dice che le parole scritte rimangono, mentre quelle pronunciate si perdono nell'aria. Talvolta mi chiedo se non sia vero il contrario. Quante frasi stanno scolorendo su carte ormai dimenticate? Quanti siti e quanti blog ammuffiscono nelle cantine di internet? Quando parlo a voce alta, invece, ho la sensazione che le parole in qualche modo sopravvivano. E se non proprio le parole stesse, almeno la loro eco. Una parola che esce dalla bocca è viva, come una trota guizzante che salta in un ruscello: è un attimo, ma dai bordi del torrente qualcuno – volpe, orso, pescatore – è già pronto ad acciuffarla.

Mentre camminavo verso la piazzetta, ho incrociato un uomo che parlava al telefono. Aveva la faccia seria, una ruga fra le sopracciglia. «Allora ho fatto la foto a un maiale», stava dicendo, «perché sai, lì alla fattoria era pieno di grossi maiali». E ha aggiunto: «Poi gli ho scritto che...». Purtroppo non sono riuscito a cogliere il resto, sebbene abbia teso le orecchie. Di certo l'uomo non saprà mai che le sue parole, così volatili, dette al telefono, sono sopravvissute e sono atterrate qui. Eccole: la parola «foto» e la parola «maiale» e la parola «fattoria». Io, in compenso, non saprò mai perché quel distinto signore abbia voluto immortalare esemplari robusti di razza suina, né che cosa abbia poi scritto all'interlocutore al quale, si presume, ha inviato l'immagine.

La piazzetta d'ottobre, nel tardo pomeriggio, è affollata. La luce radente ha un colore caldo, come il riflesso di un focolare. Le aiuole risplendono del giallo e del rosso delle foglie, per metà ancora sugli alberi e per metà cadute nell'erba.

Mentre i bambini ammucchiano le foglie e se le gettano addosso, i vecchietti si sono divisi in due gruppi, ai bordi opposti della piazza. Qualcuno nota che scarseggiano i posti a sedere ed esclama: «Qui ci mancano dei tavolini!». In effetti, la piazzetta ricorda un bar: il tempo strascicato, le chiacchiere, gli sfottò.

Uno dei pensionati mi vede seduto con il mio libro e si avvicina per scattarmi una foto. «Non si arrabbi», mi dice, «volevo provare il telefono nuovo». Un amico, dalla panchina, gli grida: «Ma poi non metterla su fesbùk!». E un altro mi avvisa: «Attento che quello la mette su uatsàppe!». Il fotografo accenna al distributore, a duecento metri, e mi dice: «Volevo solo tenere d'occhio il prezzo della benzina...». Poi tenta di fotografare anche i suoi amici, suscitando vivaci proteste.

Sto leggendo *Notti delle mille e una notte*, di Nagib Mahfuz. L'autore egiziano si lascia ispirare dalla storia del sultano Shahriyàr. In seguito al tradimento di sua moglie, il despota sanguinario aveva preso l'abitudine di passare ogni notte con una fanciulla vergine, uccidendola poi all'alba. Finché la coraggiosa Shahrazàd, ben decisa a sopravvivere, comincia a incantare il sultano inanellando storie su storie e lasciandole in sospeso al sopraggiungere dell'alba. Alla fine, dopo mille e una notte di suspense, il feroce sultano accorda la grazia a Shahrazàd, divenuta nel frattempo madre dei suoi figli. E poi? Da questa domanda parte Mahfuz, immaginando le vicende quotidiane del regno di Shahriyàr. Non basta aver subìto il fascino della narrazione; il sultano ha da compiere ancora un lungo cammino verso il pentimento e la saggezza.

Mahfuz evoca mercanti, facchini, navigatori, geni buoni o malvagi, ciabattini, capi della polizia e vagabondi, uomini ricchi e donne misteriose. Quando alzo gli occhi penso a questi personaggi, nati nel Medioevo e ancora vitali, tanto che posso immaginarli qui sulla piazzetta. I pensionati spettegolano su ogni persona che passa, discutono della Roma e della Juve, del canone radiotelevisivo, degli stipendi (troppo alti) percepiti dai municipali e del caldo fuori stagione. Non sono certo le stesse cose di cui si bisbigliava nei caffè del Cairo o di Baghdad... ma se il contenuto diverge, l'arte della chiacchiera è sempre uguale.

Arriva un autobus giallo carico di bambini al rientro da scuola. Per qualche minuto, le voci infantili sovrastano il cicaleccio dei pensionati. Chiudendo gli occhi, mi dico che pure le grida dei bambini riecheggiano uguali da sempre. Mentre i giovani si disperdono, gli anziani riprendono a tessere le loro conversazioni. Intuisco la presenza di una storia dietro ogni nome, dietro ogni ricordo. Proprio qui – nel cerchio della piazzetta o nel libro di Mahfuz (fa poca differenza) – è il luogo dove nascono i racconti.

Pier Paolo Pasolini osservava che ogni racconto delle *Mille e una notte* «comincia con un'"apparizione" del destino, che si manifesta attraverso un'anomalia. Ora, non c'è anomalia che non ne produca un'altra. E così nasce una catena di anomalie. Più tale catena è logica, serrata, essenziale, più il racconto delle *Mille e una notte* è bello (cioè vitale, esaltante). La catena delle anomalie tende sempre a ritornare alla normalità. La fine di ogni racconto delle *Mille e una notte* consiste in una "disparizione" del destino, che si insacca nella felice sonnolenza della vita quotidiana». Secondo Pasolini, insomma, «il protagonista delle storie è in realtà il destino stesso».

Che cos'è la quotidianità se non un susseguirsi di piccole anomalie? Basta poco perché una cosa accaduta oggi sveli il riflesso di storie più antiche. I personaggi e le vicende passano attraverso i mari e le montagne, e si ritrovano uguali in mezzo a popoli diversi, grazie alla forza prodigiosa della narrazione. È la stessa forza che ha tenuto in vita Shahrazàd per mille e una notte, la stessa che anima le chiacchiere dei vecchietti e che muove le mie dita sulla tastiera del computer.

Quando il sole comincia a calare, rientro a casa. Costeggiando il parco di Villa dei Cedri, accanto a una macchia di bambù, sento una conversazione di uccelli. Mi addentro nel boschetto e raggiungo in silenzio una radura. Intorno a me gli uccelli parlano fitto, mentre da lontano viene la voce di un bambino che chiama suo padre. I pettegolezzi dei pensionati, le grida dei bambini, questo misterioso cinguettio... Vorrei capire tutti questi idiomi, vorrei poterli trascrivere e farne personaggi, racconti, «catene di anomalie». Ma è destino che, qualche volta, ci siano storie da accogliere senza poterle comprendere del tutto.

Anche il feroce Shahriyàr deve fare i conti con questa consapevolezza. Di fronte alla solitudine, alla notte, alla nostra fragilità di esseri umani, siamo tutti bisognosi di storie. Non tanto perché ci insegnano qualcosa, quanto perché ci fanno compagnia: le narrazioni ci rammentano che siamo circondati da altri esseri umani che come noi gioiscono e soffrono, impastati di paura e di speranza. «Shahrazàd mi ha insegnato a credere che la logica umana inganna e ci immerge in un mare di contraddizioni», fa dire Mahfuz al sultano. «Ogni volta che giunge la notte, mi ricorda che sono un poveraccio».

PS: Il titolo di questo contributo è una parola in disuso, ma non estinta. Sarei contento se, nel mio piccolo, riuscissi a donarle ancora uno slancio vitale. Ecco la definizione che ne dà il dizionario Treccani. *Pispillòria (s.f.). 1. a. Lungo cinguettio di molti uccelli:* invece delle allodole e dei cardellini che facciano pispilloria, si vedono svolazzare dei corvi *(Faldella). b. Brusio, cicaleccio confuso di molte persone. 2. estens. Discorso lungo e noioso; anche, pettegolezzo, mormorazione.*

Oggi, per me, è stata una giornata ricca di pispillorie.

PPS: Nagib Mahfuz (1911-2006, premio Nobel nel 1988) pubblicò ليالي ألف ليلة *(Layālī alf laylah)* nel 1982. La traduzione italiana è di Valentina Colombo, per l'editore Feltrinelli, e risale al 1997. Le parole di Pier Paolo Pasolini sono tratte da Nico Naldini, *Pasolini, una vita*, Einaudi, 1989. Pasolini è citato anche da Robert Irwin nel suo *The Arabian Nights. A companion* (2004), uscito in italiano nel 2009 per Donzelli con il titolo *La favolosa storia delle* Mille e una notte (traduzione di Fulvia De Luca).

Tappeti volanti

Di recente mi hanno chiesto di tenere un laboratorio sulla scrittura di viaggio. Ho passato quindi in rassegna vari mezzi di trasporto. Automobile, treno, nave, bicicletta, cavallo... Il più elegante resta l'unico perfettamente naturale, cioè camminare. A chi non l'avesse mai fatto, vorrei però suggerire di provare anche il tappeto volante.

È un mezzo pulito, non inquina, potrebbe essere una soluzione efficace al problema del traffico. Purtroppo è difficile procurarsene uno: i tappeti volanti non s'incontrano sempre dove ci si aspetta di trovarli.

Nel canone delle *Mille e una notte*, per esempio, ne appaiono pochissimi. Ne ho scovato uno nella traduzione in francese di Galland, ripresa in italiano nel 1852 da Antonio Falconetti: «Pagato adunque il custode del khan, [...] entrò, chiudendosi dietro l'uscio e lasciandovi entro la chiave, e disteso il suo tappeto, vi sedé coll'officiale seco lui condotto. Allora, raccolto in sé stesso, e concepito seriamente il desiderio di venir trasferito nel luogo dove i principi suoi fratelli dovevano recarsi al par di lui, si avvide in breve d'esservi giunto; fermatosi colà, e spacciandosi per un semplice mercante, stette ad aspettarli».

Il tappeto volante richiede immaginazione. La fiaba che ho citato – *Il principe Ahmed e la fata Pari-Banu* – non fa parte del corpus originale della raccolta, ma riassume bene la tecnica di decollo: bisogna concepire il desiderio di essere in un luogo, raffigurandolo nell'anima prima di vederlo con gli occhi.

Un altro tappeto celebre appare nella fiaba *Aladino e la lampada magica*. In realtà, nemmeno questa appartiene al nucleo più antico delle *Mille e una notte*; inoltre, nella sua prima versione, non menziona nessun tappeto volante. Il tappeto sarebbe un'aggiunta più tarda, nata da contaminazioni con la tradizione russa e approdata venticinque anni fa in un film della Walt Disney: *Aladdin* (1992), diretto da Ron Clements e John Musker. A quanto pare, la Disney vorrebbe festeggiare l'anniversario girando un remake, con attori diretti da Guy Ritchie, ma la produzione starebbe incontrando difficoltà, forse per la paura di misurarsi con un film che ha segnato un'epoca del cinema di animazione. In effetti, sembra difficile trovare un interprete per il tappeto volante, che è un vero e proprio personaggio dinamico: parla, combatte, gioca perfino a biliardo o a scacchi (e lo fa con grande talento).

Non è certo *Aladdin* il primo film a mostrare un tappeto volante. Uno dei più belli, sempre ispirato alle *Mille e una notte*, venne girato nel 1924 da Raoul Walsh con il titolo *The thief of Bagdad* (*Il ladro di Bagdad*). Me lo sono procurato in DVD e una sera, dopo cena, ho proposto ai miei commensali: che ne dite di guardare un'avventura esotica? (Ho astutamente taciuto che si trattava di un film muto, in bianco e nero, lungo 155 minuti.)

In realtà, la storia è avvincente. Il film, con Douglas Fairbanks nei panni del protagonista, ha il pregio di avere una forza visionaria che si esprime nelle grandiose scenografie e negli effetti speciali. Anzi, *The thief of Bagdad* è la prova che gli effetti speciali, se sono sorretti da un'intuizione poetica, restano efficaci anche quando la tecnologia si rinnova.

Del resto, il tappeto volante è uno dei primi effetti speciali della storia. A prescindere dalle necessità narrative, è interessante indagarne il meccanismo: perché il tappeto vola? In un saggio sull'argomento, la scrittrice Cristina Campo spiega che «nella lingua araba classica una radice comune lega tappeto e farfalla». Poi aggiunge: «Il tessere e l'annodare alludono di per sé alle vicende ordite per gli uomini da invisibili mani». In questo senso, il tappeto da preghiera della tradizione islamica (ma non solo), dà un valore mistico all'azione di volare. La preghiera è un mezzo per accedere a un altrove, a partire dal qui e ora del tessuto annodato e decorato.

Il tappeto – «questa piccola, ironica terra che può volare» – è uno spazio privilegiato che consente un'esperienza mistica: infatti per descrivere la decorazione i Persiani usavano la parola «*zemân*», cioè il tempo. I motivi ornamentali si stagliano sullo sfondo («*zemîn*»); secondo la tradizione, gli stessi motivi e lo sfondo si uniscono in un intreccio spazio-temporale («*zemîn u zemân*») che consente l'unione mistica tra finito e infinito.

Il tappeto veniva usato anche per il viaggio in assoluto più avventuroso: quello che accompagna le anime verso l'aldilà. Nel 1947 gli archeologi sovietici Sergej Rudenko e Mikhail Griaznov stavano esaminando una tomba scita nella valle siberiana di Pazyryk, sui monti Altaj, a 1650 metri sul livello del mare. I due studiosi scoprirono che il tumulo ospitava le spoglie di un capotribù. I saccheggiatori avevano rubato arredi e oggetti preziosi, ma non si erano accorti di un tappeto fissato nel permafrost, insieme ai resti di alcuni cavalli (gli Sciti avevano l'abitudine di seppellire sette cavalli per ogni capo morto). Anzi, paradossalmente proprio il saccheggio, aprendo il sepolcro al deflusso delle piogge, aveva assicurato la conservazione del tappeto.

Il prezioso manufatto, conosciuto come «tappeto di Pazyryk», è databile al quinto secolo avanti Cristo. Fatto di lana su trama di lana e pelo di cammello, è il più antico tappeto a noi pervenuto: misura 200×182 centimetri ed è composto da circa 360mila nodi. Nonostante sia stato trovato a migliaia di chilometri dalla Persia, secondo gli studiosi è di origine persiana (della dinastia alchemide). Oltre a una fila di alci, sul bordo esterno si nota una processione di cavalli e cavalieri: probabilmente il corteo funebre alla morte del capo.

Il tappeto venne deposto nella tomba perché il guerriero scita lo potesse usare per raggiungere la sua ultima dimora. Non si sa se sia servito allo scopo oppure no; comunque sia, oggi è esposto al museo dell'Hermitage a San Pietroburgo.

Il tappeto volante è promessa di lontananza, intreccio di fili che raccontano storie, ordito misterioso, spazio circoscritto in cui liberare la fantasia. Nello stesso tempo, è un oggetto apparentemente domestico e usuale. Seguendo questo paradosso, per costruire o usare un tappeto volante non c'è bisogno di stoffa o peli di cammello. Basta affidarsi alla forza evocativa delle parole, della musica, dell'arte, di tutto ciò che ci aiuta, nello stesso tempo, a calarci nelle profondità di noi stessi e a esplorare orizzonti sconosciuti.

PS: A chi volesse leggere in italiano *Le mille e una notte* consiglio la traduzione a cura di Francesco Gabrieli, pubblicata per la prima volta nel 1948 e riedita da Einaudi nel 2017 nella collana «I millenni». La fiaba *Il principe Ahmed e la fata Pari-Banu* non è presente; in compenso, nell'appendice, si trova la *Storia di Aladino e della lampada magica* (ma senza tappeti volanti). Il saggio di Cristina Campo è contenuto nel volume *Il flauto e il tappeto* (Rusconi, 1971); oggi si può trovare nella raccolta *Gli imperdonabili* (Adelphi, 1987; 2008).

La nostra canzone

Camminavo per le strade vuote, una sera d'autunno, e pensavo che avrebbe potuto essere la scena di un film. Una piccola città di confine, nella Svizzera italiana. Un tempo umido e freddo: la fine di ottobre. In campo lungo: una donna di quarantasei anni che marcia spedita, da sola, e sente il suono dei suoi passi. M'immaginavo una musica di sottofondo, riuscivo a intravedere, dietro il buio, centinaia di spettatori che mi fissavano a occhi sgranati.

Giovanni mi aspettava sotto un lampione. Mi venne incontro, tutto barba e berretto, con un sorriso che gli tirava la pelle intorno agli occhi.

«Che freddo!»

«Sono in ritardo». Anch'io sorridevo. «Come fai a sopportarmi?»

Il suo bacio era un punto di calore, in mezzo alla carezza della barba, alla durezza della pelle fredda.

«Prendiamo un aperitivo?»

«Sì, ma non qui. Ho lasciato la macchina all'autosilo».

Mi piaceva, Giovanni. Uscivamo insieme da tre mesi e ogni volta scoprivo piccoli dettagli, sui quali poi fantasticavo al lavoro. Le mie colleghe alla banca erano contente, mi prendevano in giro, dicevano che mi meritavo un po' di serenità. In realtà non potevo lamentarmi: dopo il matrimonio con Roberto, dopo la nascita della mia bellissima Giada, avevo avuto solo storie profonde. Prima Vincent, uno svizzero francese, il tipo burbero e per niente galante, tante discussioni e la voglia di averlo sempre accanto. Poi Filippo che invece, verso la fine, tendeva a farmi troppi regali... Sembra che non possano mai essere troppi, ma certe volte si ha bisogno di avere un po' di vuoto, un po' di tempo per pensare a ciò che si vorrebbe avere.

In macchina Giovanni mise il CD con la colonna sonora del vecchio film che avevamo visto insieme, quello con Fred Astaire e Ginger Rogers. «*Some day, when I'm awfully low, when the world is cold...*». Ragazzi, pensai, questa sì che è una canzone, quelli sì che erano tempi d'oro... «*I will feel a glow just thinking of you... and the way you look tonight*».

«Perché oggi la gente non è più romantica?»

«Noi lo siamo...»

Sorrideva di nascosto.

«La nostra canzone...»

Lo dicevamo con ironia, certo, la nostra canzone, come nei film, appunto. Però lo dicevamo. E avevamo anche un nostro posto dove parcheggiare l'automobile e dove toglierci laboriosamente i vestiti, un posto vicino al fiume, con il vapore che appannava i vetri e ci tagliava fuori dal mondo, regalandoci ancora un po' di adolescenza. Per non parlare del nostro ristorante, in collina, circondato dai castagni e dai noccioli, con una signora dai capelli azzurri che ci sgridava per il ritardo e ci serviva l'aperitivo senza nemmeno chiedere che cosa volessimo.

Come avrei potuto spiegarlo alle mie colleghe?

È normale che una coppia abbia i suoi piccoli riti, i

suoi momenti. In macchina con Giovanni, mentre la strada saliva sulla collina buia, era bello ascoltare la canzone, pensare agli anni trenta, all'eleganza di Fred Astaire che sembra fatto di ossa e gommapiuma.

Era stato Roberto a trasmettermi il gusto per i vecchi film. C'era un canale che proponeva retrospettive: ricordo che passammo un veglione di Capodanno a guardare storie di gangster con Edward G. Robinson, una dopo l'altra. E il ristorante? Vincent usciva sempre in terrazza a telefonare. Intanto che tu aspetti il dessert, diceva. Io fingevo d'infastidirmi, ma mi piaceva la sua noncuranza, la sua ironia.

L'avevo portato io, Vincent, in quel ristorante. Con Stefano invece, nel 1999, prima di conoscere Roberto, avevamo ascoltato *Per te* di Jovanotti almeno mille volte, senza esagerare. Poi c'era *Hey Joe*, la nostra canzone, cioè mia e di Filippo. Lui aveva un debole per Jimi Hendrix, aveva il sogno d'imparare a suonare la chitarra elettrica.

Perché, perché?

«Fermati un attimo».

«Non stai bene?»

«Prendo un po' d'aria...»

La città, dall'alto, circondata dall'autostrada, dalle macchine che correvano avanti e indietro. E poi altre luci, sparse sulle colline, altre case e altre canzoni, altri film, viaggi, ristoranti. Giovanni mi posò una mano sulla spalla. Io mi scostai. Mi allontanai dalla strada, camminando in fretta in mezzo agli arbusti.

Foglie secche sotto i piedi, cespugli, rami negli occhi. Mi acquattai nel bosco, come un animale.

Sentii Giovanni che mi chiamava, sbuffava.

«Ti aspetto in macchina, dài, sbrigati...»

Il battito del cuore. Tum tum. Lo ascoltai rallentare. Eravamo soli, io e lui, tum tum, tum tum. Da quarantasei anni non aveva mai cessato, sempre uguale, sempre noioso. Chiusi gli occhi e lo ascoltai, per una volta, cercando di capire. Tum tum. Niente di meno, niente di più.

XI.

Fuori dagli stalli demarcati

Oggi è il 30 novembre, festa di sant'Andrea. Secondo la tradizione è l'inizio dell'inverno. È anche il giorno in cui si chiudono i conti: ognuno restituisce ciò che ha preso e riprende ciò che ha dato. L'anno sta finendo, si comincia a pensare al futuro, ma intanto le giornate sono sempre più fredde e assediate dall'oscurità.

Mi siedo su una panchina e mi metto a pensare al futuro. La piazzetta è vuota, la fontana muta, i cespugli sfioriti. Passano due ragazzi con un barboncino al guinzaglio. Il barboncino ha un cappotto nero. L'ultimo sole sta pennellando la cima delle montagne. Be', insomma, che cos'è il futuro? Quando comincia, esattamente?

Ricordo che nel mese di luglio me ne stavo seduto su questa stessa panchina. C'erano pensionati in canottiera, adolescenti abbronzati, un ubriacone che teneva la birra in fresco nella fontana. Dal McDonald's veniva un odore di fritto, mentre le auto in coda al semaforo, scintillanti sotto il sole, mettevano caldo solo a guardarle. E io già pensavo al futuro, e il futuro era questa piazzetta nel mese di novembre. Per essere precisi: la neve sulle montagne, l'aria pungente, l'arancione dei cachi sui rami spogli. Ed eccomi qui. Ora che mi trovo nel futuro, come immaginare la piazzetta di luglio? È diventata passato oppure diventerà altro futuro? È una di quelle situazioni in cui i pensieri si mordono la coda. Cose che succedono d'autunno, nelle piazze vuote. Il mondo è sospeso fra un prima e un dopo che si confondono, tanto che il dopo potrebbe venire prima e io, muovendomi verso la mia morte, potrei tornare in qualche modo alla mia infanzia, come un salmone che sale verso ruscelli dimenticati.

Alzo il bavero della giacca e leggo *I racconti di Nick Adams* di Ernest Hemingway. «Aveva paura di guardare Marjorie. Poi la guardò. Seduta gli voltava la schiena. Guardò la schiena di Marjorie: "Proprio non è divertente" disse. "Nemmeno un po'". Lei non disse niente. Egli continuò. "Mi pare come se tutto dentro di me fosse andato al diavolo. Non so, Marge. Non so proprio cosa dire". Continuò a fissare la schiena di lei. Chiese Marjorie: "Non è divertente l'amore?". "No" disse Nick».

Il ritmo inesorabile della prosa di Hemingway sostituisce le chiacchiere dei pensionati, che oggi sono rimasti al caldo. È uno strano libro, in cui si percepisce una tenerezza verso le cose semplici, un desiderio di essere fedele alla vita. Nello stesso tempo, c'è da combattere contro il buio che, all'inizio, si presenta in maniera ingannevole, travestito da nostalgia per il passato o da incertezza per il futuro. Il protagonista combatte come sempre fanno gli eroi di Hemingway: se ne sta ancorato al qui e ora, cercando di fare nel miglior modo possibile ciò che deve fare. *Make your job*, che si tratti di pescare nei ruscelli del Michigan o di sopravvivere alla guerra o ancora di «scrivere come Cézanne dipingeva».

Vicino alla piazzetta c'è un camper parcheggiato senza targhe, in attesa che torni la bella stagione. Sul retro ci sono due adesivi con le scritte SUN LIVING e VIVERE VIAGGIANDO. Visto che non c'è nessuno, lascio Hemingway e ne approfitto per girare un video, muovendomi intorno alla fontana. Due ragazzine mi osservano sconcertate.

Quando mi avvicino, si voltano e scappano di corsa. Io scatto una foto a un albero di cachi. Da lontano sento una delle ragazzine che dice all'amica: «Ma non può, Ali, è casa nostra! Andiamo a dirlo alla mia mamma!»

Prima che qualcuno mi denunci, torno a sedermi e cambio paesaggio. «Mark Twain, Huck Finn, Tom Sawyer e La Salle si affollarono disordinatamente nella testa di Nick che guardava la scura e liscia distesa d'acqua lentamente in moto. Intanto ho visto il Mississippi, pensò felice».

Non dovrei essere qui. Un uomo avvolto in un giaccone, solo con un libro nella piazza deserta, sorpreso nell'atto di fotografare cachi e di navigare sul Mississippi. Non dovrei essere qui. Perché butto via il tempo? Dovrei lavorare o andare a correre o pensare ai regali di Natale, o fare qualunque cosa ragionevole che mi permetta poi di lamentarmi per lo stress. Oh, vorrei essere stressato. Se fossi stressato, tutto sarebbe più semplice. Di certo non cadrei nella trappola della piazzetta e non confonderei il passato e il futuro.

«Intanto ho visto il Mississippi, pensò felice». La felicità nei racconti di Hemingway è così pura da essere straziante, anche perché dura solo il tempo di pulire le trote. O di finire la pagina.

«Cézanne cominciò con tutti i trucchi. Poi demolì tutto e costruì la cosa vera. Fu tremendo da fare. Fu lui il più grande. Il più grande d'ogni tempo e per sempre. Non era un culto il suo. Era che Nick voleva scrivere della campagna per riuscire a essere quello che Cézanne era stato in pittura. Bisognava farlo dall'interno di sé stessi. Non c'erano trucchi. Nessuno aveva scritto mai così della campagna. Nick provava quasi un sentimento religioso a questo riguardo, faceva terribilmente sul serio. Si poteva riuscire a saperlo tirar fuori di prepotenza. Riuscire a vivere giusto con gli occhi».

Il vento solleva un mucchio di foglie secche. Capisco che, anche volendo scrivere di una semplice piazza, bisogna proprio farlo «dall'interno di sé stessi». Bisogna scrivere le parole in fila, per bene: il vento solleva un mucchio di foglie secche. Bisogna essere qui e demolire tutto per costruire la cosa vera.

C'è modo e modo di scrivere del vento. C'è modo e modo di guardare una piazza vuota, o di esserne guardati. Apro il taccuino: «vento», annoto, e «foglie secche». Poi, tra parentesi: «gialle, rosse». Ci sono dettagli che vanno coordinati fra di loro: una piuma di uccello sul vialetto, il rosso stinto di una bandiera svizzera sopravvissuta all'estate, la mezzaluna che affiora nel cielo. È giusto dire che la mezzaluna affiora? Potrei scrivere «appare», ma sarebbe impreciso (non è un'apparizione, è un lento emergere dall'invisibile). «Spunta» non avrebbe senso. «Fa capolino» sarebbe tragico. No, lasciamola affiorare.

Tornando a casa, passo da una via dove le macchine devono andare a trenta all'ora, zigzagando tra vasi di cemento. I pedoni invece possono viaggiare alla velocità che preferiscono. Io cammino adagio, con le mani in tasca. Il sole si riflette su un cartello, creando un effetto di arcobaleno. Una scritta ammonisce gli automobilisti, ricordando loro che è proibito parcheggiare «fuori dagli stalli demarcati».

Penso che in quelle quattro parole, così lividamente efficaci, si celi tutto quello che volevo dire oggi. Il passato, il futuro, il presente sono diversi quando cambi prospettiva, quando osservi stando fuori dagli stalli demarcati. È anche l'unico modo per scrivere davvero senza trucchi. Prima devi trovare uno stallo demarcato (qualunque cosa sia), devi girarci intorno, entrarci dentro, farci amicizia. Poi devi uscirne. E soltanto allora, forse, potrai dire davvero che il vento solleva un mucchio di foglie secche. Un mucchio di foglie gialle e rosse.

PS: *The Nick Adam's Stories,* che uscì postumo nel 1972, è una serie cronologica di racconti scritti negli anni venti e trenta. Ho citato dall'edizione Mondadori del 1972 (traduzione di Giuseppe Trevisani).

Tecniche di sopravvivenza

Preso da un folle desiderio di avventura, ho passato un sabato sera in un centro commerciale.

Naturalmente mi ero preparato, procurandomi un *Manuale pratico di sopravvivenza.* Ma un conto è leggere una serie di nozioni su come comportarsi nelle zone selvagge, altra cosa è trovarsi in mezzo a una folla inferocita tra McDonald's, Disney Store e un posto che vende tutto a 2 euro. Anche l'esploratore più coraggioso rischia di finire nei guai, sommerso da quelle che il *Manuale* chiama «circostanze imprevedibili».

Eppure Raymond Mears, l'autore del *Manuale,* mi aveva messo in guardia. Fin dalle prime pagine ammoniva: «Nessuno può sconfiggere gli elementi; coloro che non prestano attenzione ai segnali di pericolo o hanno la stupidità di spingersi più avanti, fanno una brutta fine». Che dire? All'ingresso ho notato uno stand con centinaia di barattoli di Nutella accanto a un recinto con decine di finti abeti cosparsi di finta neve. Incurante dei segnali di allarme, ho tirato diritto. Ma dopo pochi passi, ho capito di essermi perso: nessuna traccia dei miei compagni di esplorazione.

Mears fa notare che «ogni escursionismo in una zona selvaggia, in ogni parte del mondo, richiede abilità nell'orientamento». In effetti, avrei potuto procurarmi una mappa, una bussola, magari un sestante. Invece avevo lasciato in macchina pure il telefono. Ma a quanto pare, «persino nelle foreste più fitte, dove non esistono sentieri tracciati, ci sono piste create da animali o dagli indigeni». Allora mi sono guardato intorno e ho cercato qualche pista. Proprio come suggerisce il maestro: «Camminate con cautela più che con paura e imparate a conoscere voi stessi».

Ma la foresta era davvero fitta. Il Centro commerciale di Arese, alle porte di Milano, è a quanto pare il più grande d'Europa: consiste in una serie di piazze interne, ispirate alle vecchie corti lombarde. Si tratta di novantamila metri quadrati, con più di duecento negozi, venticinque ristoranti, seimila parcheggi, apertura 7 giorni su 7, area di accoglienza per cani (*Mi Fido*) e per bambini (*Area Kids*). Nell'area per i cani ci sono perfino «dog sitter pronti a prendersi cura di loro e la possibilità di toeletta». In quella per i bambini la promessa è di «far divertire i più piccoli e farvi sentire più liberi di usufruire, in tutta tranquillità, dei numerosi negozi e servizi». (A quanto pare, per i bambini nessuna «possibilità di toeletta»).

All'ingresso, una banda suonava canzoni di Gianna Nannini in una sorta di finto mercatino natalizio, dove un'automobile scintillante si offriva agli sguardi dei visitatori. Accanto, una hostess biancovestita lanciava sguardi malinconici.

Il centro si chiama proprio *Il Centro* e ogni parte di essa, in un certo senso, è il centro del *Centro*. La luce è sempre uguale, la musica di sottofondo lentamente ipnotizza l'incauto esploratore, strappandolo al normale fluire del tempo e lasciandolo sospeso in una bolla fatta di vetrine scintillanti e affermazioni perentorie: ogni prodotto è genuino, ogni birra è artigianale, ogni cibo è tipico, ma nello stesso tempo quella che servono dietro un bancone di colore giallo viene definita: «Non la solita polenta». Che roba è, allora? Sarà prudente assaggiarla? Affannosamente, consulto il *Manuale*. Mears è perentorio: «Se vi sembra poco sicuro, non mangiate il cibo selvatico». D'altra parte, «per lavorare avete bisogno di energia; per l'energia avete bisogno di cibo».

Bisogna girare come lupi, pronti a cogliere ogni fremito, ogni minimo segno che un tavolo stia per liberarsi. La selezione è spietata: passano come rulli compressori famiglie di tre generazioni, con nonni che tengono i posti, genitori che bilanciano vassoi colmi di hamburger e figli che chiedono le figurine dei Pokémon. Poco più in là si aggirano branchi di adolescenti dallo sguardo torvo e coppie di ragazze pronte a ogni follia. «Ormai qui ci vengo per i cacchi miei», dice una di loro, «perché se aspetto lui, una volta c'è l'Inter, una volta c'è la musica...». E l'amica: «Perché non torniamo domani? Ci facciamo la giornata!».

Nel nostro gruppo, la tensione si fa sentire. I territori da attraversare sono sterminati, e c'è chi dà segni di cedimento: uno abbandona e torna in automobile a leggere *Tex*; un altro si distrae un secondo ed è spacciato... Eccolo dentro un negozio di Lego, catturato dal canto delle commesse-sirene. Per andare avanti, «bisogna stare sempre all'erta e sviluppare al massimo le qualità percettive che già possediamo».

Mears è prodigo di consigli: «Se vi capita di sentire un rumore strano, fermatevi e ascoltate attentamente, cercando di non fare nessun rumore a vostra volta. Per ampliare la vostra capacità di captare i suoni, potete usare il vecchio trucco di mettere la mano dietro l'orecchio».

Grandi schermi sospesi mostrano partite di calcio e all'ingresso dei bagni, oltre alle consuete icone uomo-donna, una scritta in sette lingue, dall'arabo al cinese passando per quelle europee, annuncia che sì, quelli sono proprio i bagni.

Ci sono alberi verdi, distributori di bibite, panchine provviste di *séparés* per conversazioni intime e una grande piramide di legno, come il resto di una civiltà perduta. La piramide troneggia in mezzo al parco giochi e indica, di nuovo, il centro del *Centro*, il posto giusto per farsi avvolgere dal sabato sera.

Forse dovremmo trovare un rifugio? Secondo Mears «si dividono in due categorie: quelli da costruire e quelli naturali, che possiamo prendere in "prestito" dall'ambiente». Sebbene qualcuno suggerisca di trovare riparo dentro Zara o H&M, alla fine, esausti ma sani e salvi, raggiungiamo i limiti estremi della zona selvaggia.

Dietro le quinte si aprono spazi vuoti: stanze con armadietti per gli inservienti, punti di raccolta per i rifiuti, porte antincendio. Una scala di metallo. Due rampe, una piattaforma e all'improvviso, come una carezza, dolcemente mi arriva sulla faccia un velo di pioggia. È notte. Il cielo è buio. Mi fermo e ascolto le sfumature del silenzio. Posso tirare un sospiro di sollievo: il mondo, dopotutto, esiste ancora.

PS: Le citazioni di Raymond Mears provengono dal suo *Manuale pratico di sopravvivenza*, pubblicato originalmente nel 1990 e in italiano nel 1991 (Gremese editore, con ristampa nel 2012). Le altre citazioni sono tratte dal sito del centro commerciale.

Prima i nostri

Boom di suicidi. Così titolava un giornale, commentando il numero di persone che nel Canton Ticino, fra agosto e settembre, si sono tolte la vita. La cosa mi ha colpito sia perché si tratta del luogo dove abito, sia perché un titolo del genere, così banalmente allarmista, è riuscito a generare in me un sentimento di tristezza tanto profondo, tanto complesso e ramificato che alla fine non so nemmeno più perché sono triste. Ho pensato quindi di scrivere sull'argomento, non per dire qualcosa ma per capire meglio questa faccenda. Tuttavia ho fatto uno sbaglio: ho lasciato che l'atteggiamento giornalistico invadesse il campo della scrittura.

Mi sono messo a fare ricerche.

Ho esaminato le cifre dell'Ufficio Federale di Statistica, ho consultato i rapporti della polizia, controllando gli eventi senza reato qualificato, distinguendo i suicidi tramite organizzazione di assistenza dai suicidi veri e propri (con la tabella che precisa: di cui uomini, di cui svizzeri, di cui minori), prendendo in considerazione anche i tentativi di suicidio accertati e incrociando i dati con quelli dell'Organizzazione Mondiale della Sanità.

Ho confrontato la situazione svizzera con quella di altri paesi europei ed extraeuropei. In seguito ho paragonato le differenti modalità di esecuzione di quello che qualche giornalista ancora definisce «gesto fatale» (più per evitare una ripetizione che per interrogarsi sul ruolo del fato, del destino inesorabile che forse governa le nostre piccole azioni umane; e forse no, per fortuna). Infine mi sono interessato anche alla prevenzione, in particolare studiando il prezioso servizio del Telefono Amico (numero 143). Ho scoperto che tale servizio, in collaborazione con le autorità, ha posto una cabina telefonica sulla diga della Verzasca, per offrire un ultimo appiglio a chi salisse fin lassù con l'intenzione di gettarsi nel vuoto.

Tutto questo non mi ha aiutato. Infatti non riporterò qui nemmeno una cifra, tra le tante che ho annotato nel taccuino. Non citerò nemmeno l'evoluzione storica del fenomeno e le indagini socio-psicologiche volte a individuarne le cause. Non vorrei nemmeno precisare la situazione della Svizzera, della Svizzera italiana o dell'Italia, cioè i luoghi che conosco meglio, in rapporto alla situazione internazionale. Vorrei partire invece dal fatto che un suicidio è un suicidio, e che soltanto accessoriamente diventa una percentuale, un fenomeno, una tendenza, magari un *boom*.

Certo, il suicidio assistito è un'altra cosa, e infatti qui non ne parlerò. Così come è diverso uccidersi perché si è in preda al terrore, alla fame, in situazioni di povertà, tortura, sofferenze indicibili. A me basterebbe capire meglio i suicidi che mi hanno toccato più o meno da vicino. Ho conosciuto infatti alcune persone che si sono suicidate. Ho letto e amato scrittori che, magari nel pieno del successo professionale, si sono suicidati. Ho incrociato pure qualcuno che ha tentato di suicidarsi, o che ha voluto suicidarsi, senza poi arrivare a suicidarsi davvero.

Che cosa succede, qual è la spinta che, in una situazione di pace, di salute, di relativa tranquillità economica, porta al desiderio di uscire dalla propria vita? Di certo nessuno è al riparo dall'angoscia. (Sembra una frase scontata, ma qualche volta giova ripeterlo.) Anzi, il fatto di vivere in un paese (più o meno) permeato di benessere, come lo sono i paesi occidentali, può mettere a nudo quanto sia precaria ogni forma di benessere, fisico e spirituale. Soprattutto, il benessere non mette al riparo dalla solitudine. E ogni suicidio è avvolto, riempito, intriso di solitudine.

La ricerca di legami definisce ogni essere umano. Appena nati, ci viene reciso il cordone ombelicale, ed è come se la nostalgia di quella connessione primigenia si ripercuotesse su ogni azione successiva. Sentiamo il peso dell'io, e a ogni costo vogliamo sentirci protetti nel tepore rassicurante di un «noi».

Credo che questo spieghi alcune paure collettive, che forse mascherano disperazioni individuali. Convincersi di essere parte di una comunità, sentirne il privilegio, la dolcezza dei valori condivisi. E di conseguenza avere la necessità di ribadirne l'esclusività, serrando i ranghi. Allora si contingenta il numero di stranieri, si lanciano iniziative popolari che gridano «Prima i nostri!» (ed è come una richiesta d'aiuto dal profondo dell'abisso), ci si aggrappa alle tradizioni, al buon vecchio tempo in cui eravamo gentili, alla necessità di non coprirsi il volto nei luoghi pubblici, alla fierezza per le imprese sportive dei nostri ragazzi.

Prima i nostri. I nostri ragazzi. Il nostro paese. I nostri giovani. Ecco, vedete? Siamo un «noi». Possiamo dire: i nostri valori. Come se ci fossero valori nostri e valori altrui, e non semplicemente valori, da qualunque parte provengano, in opposizione a ciò che invece non vale. Ma tutto questo «noi» non mette al riparo dalla noia. È la noia insidiosa dell'uomo che esce di casa intorno all'ora di cena, una sera d'inverno. E si accorge che a casa potrebbe anche non tornarci.

Vorrei seguire quest'uomo. È lui che mi permetterà forse di capire. Eccolo che lascia l'automobile e prosegue a piedi. Attraversa il parcheggio davanti alla sagoma oscura di una chiesa. Nota che stanno restaurando la chiesa – vede le impalcature, gli avvisi del cantiere. Pensa che «restaurare» sia una bellissima parola, ma anche un inganno. L'uomo non è isolato: ha una famiglia, amici, colleghi. Eppure non c'è nessuno di loro che prima o poi non se ne andrà, lasciandolo solo. Presto o tardi.

L'uomo sa che ha cominciato a morire quando gli hanno tagliato quel cordone, qualche decina di anni fa. Di giorno in giorno vedrà il suo declino, il suo lento abbandonarsi alla deriva di un corpo meno efficiente, di un futuro più ristretto. Di certo l'uomo si ammalerà, e scivolerà negli ultimi giorni della sua vita. Oppure un incidente lo farà piombare di colpo nell'incoscienza.

Nel buio, l'uomo cammina su un sottile strato di ghiaccio, attento a non perdere l'equilibrio. Mica vorrà cadere, magari picchiare la testa e restarci secco? L'uomo sorride e si accorge di quanto sia terrificante quel suo sorriso. Pensa alla felicità. Ai momenti di quiete. E intorno, l'infelicità delle persone vicine, delle persone lontane, degli affamati, dei torturati. Intorno, l'infelicità passata e futura. Intorno, l'incapacità di provare piacere, se non mentendo a se stesso. Intorno, la consapevolezza che, anche quando la ragione cerca di trovare un senso in tutto questo, la sensibilità dell'anima lo rifiuta.

L'uomo è straniero, anche in mezzo ai «nostri». Questa è la sua condizione inesorabile. Cammina lungo la strada, di fianco ai binari della ferrovia. Si affaccia al parapetto, vede il cartello giallo con il teschio: PERICOLO DI MORTE, NON TOCCARE I FILI. Sente tutto il peso di esistere, la stanchezza di vagare in mezzo a un paese straniero, fingendo che i legami siano duraturi, fingendo di conoscere la lingua, le usanze, ma irrimediabilmente solo. L'uomo fissa i binari e pensa che, dopotutto, non fa una grande differenza se la morte accade ora, fra un anno, fra dieci anni, fra venti. Il mondo potrà continuare a essere anche senza di lui, e almeno la solitudine diventerebbe un fatto, non solo una condizione straziante.

Non so andare oltre. Mentre torno a casa, porto con me l'immagine di quell'uomo fermo sopra i binari. Essere stranieri non ha a che fare con il passaporto. (Perché poi, in fondo, il passaporto è solo una sciocchezza burocratica, inventata per mantenere un'apparenza di ordine nel crogiolo dell'umanità.) La solitudine e l'essere stranieri si manifestano come una ferita, ma occorre credere che non sia incurabile.

Dopo giorni e giorni di cammino nel deserto, capita di giungere a un accampamento. Non è difficile riconoscere che, fra le tende, non c'è nessuno dei «nostri». Siamo inevitabilmente stranieri, e come tale veniamo accolti. Mio padre è straniero. Mia madre è straniera. I miei parenti, i miei amici. E questa indecifrabile cosa che chiamiamo vita oscilla sempre, paurosamente, fra i poli della solitudine e dell'accoglienza. Speriamo che si fermi dalla parte giusta.

XII.

Ant Nadal

In fondo al sottopassaggio c'è una rosa celeste. Un pittore ignoto l'ha dipinta sullo sfondo azzurro chiaro della parete. Percorro la galleria per attraversare la strada, salgo le scale e raggiungo la piazzetta.

Il sole nudo e tagliente del pomeriggio occupa gli spazi, si riflette su ogni superficie, su ogni finestra, su ogni chiazza di neve. Avanzo sul sottile strato di ghiaccio e mi siedo su una panchina asciutta. Non c'è nessuno.

Ormai conosco i personaggi che popolano questo luogo durante la bella stagione: i pensionati, l'ubriacone che tiene in fresco le birre nella fontana, la donna sola con il cagnolino, le ragazze che eternamente attendono risposte su WhatsApp. Mi chiedo dove siano finiti tutti.

L'aria è fredda e limpida, di fianco alla piazza scorrono automobili e autobus, la gente cammina di fretta. Mancano due giorni a Natale.

Da qualche parte, nel tepore di un appartamento, i pensionati staranno aspettando anche loro i cenoni, i raduni delle famiglie allargate, l'abito della festa, lo spumante.

L'ubriacone di sicuro non si farà cogliere impreparato, e contrasterà l'attacco della malinconia con un folto contingente di birre.

Quanto alle ragazze, si annoieranno ma sopravvivranno – baciare sulle guance vecchie zie è pur sempre meglio che andare a scuola. Quelle più fortunate magari otterranno il permesso di andare la sera del 24 al Christmas Party della «Fabrique» di Castione, con Kenny Ground & Chris Leon nella Plus floor Underground.

La signora sola forse sarà sola anche a Natale o forse no, forse anche lei ha il suo manipolo di parenti. Oppure passerà alla pista di pattinaggio in Piazza del Sole e guarderà le persone che scivolano avanti e indietro, lanciandosi squillanti «Buone feste!», avanti e indietro senza stancarsi mai.

Ho portato *Tutto si rinnova*, una raccolta di poesie di Luisa Famos, un'autrice svizzera che scrive nella variante *vallader* del romancio. Mormoro i versi a fior di labbra. Le sillabe sonore riempiono il silenzio della piazzetta. «*Vers saira / Cur sunansoncha / Rebomba tras cumün / Tuot dvainta nouv // La prada e'ls chomps / La jassa e'l balcon tort / Suot la pensla / Il gnieu da randulinas / La saiv da l'üert / E l'aua dal bügl d'larsch / Tuot dvainta nouv. // Fa che dvaintan nouvs / Eir no*» («Verso sera / Quando scampanio / Rimbomba per il paese / Tutto si rinnova // I prati e i campi / Il vicolo e lo sporto / Sotto il frontone / Il nido delle rondini / il recinto dell'orto / E l'acqua della fontana di larice / Tutto si rinnova // Fa' che ci rinnoviamo / Anche noi»).

Mi pare una scena estiva o primaverile, più che invernale. Mi chiedo se, nel profondo delle cose, anche oggi accada il rinnovamento. Ma la fontana è spenta, la crosta di neve impassibile. Non ci sono campane, solo il frullare degli uccelli sugli alberi e il flusso del traffico al semaforo.

Arriva un suono più lancinante degli altri. Alzo gli occhi e vedo un *pick-up* della Toyota che, uscito in retromarcia dal parcheggio, sta cercando di superare un mucchio di neve. Il ringhio del motore si fa più cattivo, finché con uno scatto rabbioso il *pick-up* scavalca il cumulo di neve e sbatte contro un albero. Rumore di vetri infranti, lamento di lamiera accartocciata. L'autista non si volta indietro, ma riparte con un nuovo ringhio, nel quale stavolta mi pare di cogliere un rimpianto, una nota di tristezza.

Poi tutto tace, ancora, e niente si rinnova. Penso al Natale. In qualunque modo ci si districhi fra panettoni e aperitivi aziendali, anche involontariamente, si finisce per attribuire a questa festa un senso di promessa. Come se qualcosa dovesse cambiare: «*Fa che dvaintan nouvs / Eir no*».

Mi pare che questa aspettativa vada oltre la dimensione religiosa, o forse ne conservi le caratteristiche anche in assenza della fede. La stagione spoglia, la rarefazione della luce inducono per reazione viscerale a un'attesa dal valore antropologico, legata alla nostra condizione di esseri umani più che ai nostri riferimenti culturali.

Secondo la Chiesa, l'incarnazione non è solo qualcosa di cui si fa memoria ma è un evento che deve avvenire di nuovo per ciascuno, fino alla fine dei tempi. In generale, pure chi non crede nell'incarnazione sente il bisogno di qualcosa che dia un senso alla quotidianità. Il Natale è implacabile: è difficile fare finta di niente. C'è chi lavora, chi è circondato da stuoli di parenti, chi è solo, chi è ammalato. Ognuno, per un moto inestirpabile dell'anima, aspetta qualcosa. Ognuno cerca di guardare oltre il buio e la barriera dell'inverno.

Passa un aeroplano, tracciando una lunga scia che si perde sulle montagne. L'uomo che guidava il *pick-up* torna indietro a piedi, dalla direzione opposta a quella in cui era partito. Si ferma davanti all'albero, raccoglie il pezzo di lamiera più grande e poi si allontana, con la testa incassata fra le spalle.

Il senso di una «festa», nella storia umana, è distinguere un giorno dalla serie dei giorni normali. Ma tutto questo accade ancora? Il Natale può raccogliere i nostri frammenti sparsi, può accendere una qualunque forma di luce e mantenerla viva nella routine dei prossimi mesi? Questa è la domanda.

«*Cumün sainza champs / Sainza üert e sunteri / Mo plain d'sömmis // La not / As distach'üna staila / Da l'ur dal tschêl / E voul s'unir / A la terra*» («Paese senza campi / Senza orto né cimitero / Ma pieno di sogni // La notte / Si stacca una stella / Dall'orlo del cielo / E vuole unirsi alla terra»). Con le parole di Luisa Famos, il mio augurio per Natale è che una stella, di qualunque tipo essa sia, possa staccarsi dall'orlo del cielo e venire accolta nella nostra terra, nella nostra quotidianità.

PS: Ho citato integralmente le liriche *Sunansoncha* (Scampanio) e *Ant Nadal* (Prima di Natale), con la traduzione di Marisa Keller-Ottaviano, tratte da Luisa Famos, *Tutto si rinnova* (Casagrande, 2012).

Effetti collaterali

Nei corridoi del vecchio liceo non si avvertiva l'odore del sangue, ma il professor Fedeli lo sentiva scorrere. Era un fiume di sangue. La violenza più efferata, la forza bruta, senza ritegno. Gli studenti non se ne accorgevano, perché alle loro orecchie le parole giungevano attutite dalla metrica, dalla voce salmodiante dello stesso Fedeli. Ma di che cosa stavano parlando? Di un giovane solitario che s'innamora di se stesso, specchiato nella sua bellezza, e che finisce per ammazzarsi. Di un uomo che si cava gli occhi per la disperazione. Di una donna tradita dall'amante che si vendica con ferocia, uccidendo i suoi stessi figli.

«Non ho capito gli ultimi versi», disse il professore.

Lo studente deglutì prima di ripetere. «Perché vorrei stare tre volte presso uno scudo piuttosto che partorire una volta sola».

«Perché vorrei?» chiese Fedeli.

«È un... Cioè, intende che preferirebbe combattere, trovarsi in prima linea, piuttosto che...»

«Ho capito». Fedeli si schiarì la voce. «Ma sarebbe meglio tradurre: "Come vorrei". Corrisponde all'*ut* latino. E il verbo?»

«Il verbo?»

«Il verbo. Che verbo è?»

«È un... ottativo?»

«Senza punto di domanda».

«Un ottativo», ripeté lo studente. «Ottativo presente. Che ha valore desiderativo... Come il latino... Come...»

Si era fatto male da solo. Fedeli lo lasciò annaspare per qualche secondo, poi tagliò corto: «Come il latino *velim*. Bene, dopo le vacanze preciseremo la struttura di questa scena. Ricordate di leggere fino al verso 270».

Gli studenti alzarono le sedie sui banchi e uscirono in fretta. Nessuno di loro, nell'infilare il libro nello zaino, pensò al sangue. Eppure avevano sentito il lamento di Medea; sapevano che, per vendicarsi di Giasone che l'aveva tradita, aveva ucciso in modo atroce la sua rivale e poi sgozzato i suoi stessi figli. Ma tutto, nelle aule dal soffitto alto, con un perenne soffio di termosifoni, prendeva il sapore polveroso della grammatica e dei trimetri giambici. Così era stato anche per l'episodio di Narciso, di cui Fedeli aveva parlato alle seconde liceo, e perfino per la sventura di Edipo.

Suonò la campanella. Fedeli rimase seduto alla cattedra, pensando ai versi che restavano uguali negli anni, mentre generazioni di allievi si sostituivano l'una all'altra. Una sequela di facce anonime, più impalpabili dei figli di Medea. «Primo figlio» e «Secondo figlio», così li chiamava Euripide. Troppa fatica dare loro un nome, tanto poi sarebbero morti lo stesso.

Fedeli fece scivolare il libro e la stilografica nella cartella di pelle. Guardò la pioggia fuori dalla finestra, come un sipario grigio, e dietro la pioggia il ricamo delle luci natalizie. Gli venne in mente che doveva fermarsi a prendere il vino, sulla via del ritorno. Quella sera Giovanna sarebbe passata da lui per quello che aveva definito «un brindisi intimo». C'era qualcosa nell'espressione che infastidiva Fedeli, come uno stridore. Troppe «i», forse. E poi l'intimità, con tutte le sue promesse, non andrebbe accostata all'allegria banale di un brindisi.

Uscì nel corridoio e venne quasi investito da un ragazzo che correva verso le scale. Fedeli stava per rimproverarlo, ma poi lasciò perdere. Il ragazzo borbottò uno «scusi». Doveva essere del primo anno: avevano ancora la smania di muoversi, di occupare gli spazi. Poi, crescendo, si facevano sempre più lenti, con un territorio vitale più ristretto. Li vedevi radunarsi in gruppi circoscritti, elitari: chi nel pianerottolo all'ultimo piano, chi accanto al gabbiotto del custode, chi nei bagni del terzo piano, presidiati da un manipolo di ragazze spietate.

I figli di Fedeli avevano superato anche quella fase: Andrea studiava relazioni internazionali a Ginevra, mentre Teseo – dopo la laurea triennale in scienze della comunicazione – stava ultimando un master in gestione dei media. Tutte materie senza sangue, pensava Fedeli.

Il giorno dopo avrebbe visto entrambi i figli, insieme a Simonetta, la sua ex moglie, per il solito pranzo a casa dei suoceri, a base di salmone, tartine, uova ripiene di tonno, arrosto in crosta, patate, tiramisù, con vini bianchi (Greco di Tufo, come ogni anno), rossi (Morellino di Scansano), dolci (Moscato d'Asti) e poi nocino, grappa fatta in casa, caffè. I suoceri erano troppo vecchi per cucinare, così Simonetta e Lidia, sua sorella, avrebbero preparato tutto in mattinata. Fedeli prevedeva di farsi vedere verso mezzogiorno, munito di Moscato e panettone. Ai regali per i ragazzi per fortuna ci pensava Simo, che di solito comprava loro un maglione o un buono per un weekend da qualche parte.

A pochi passi dall'aula docenti, udì uno schiamazzo e si ricordò dell'aperitivo. Ebbe un'esitazione. Se si fosse lasciato coinvolgere, avrebbe dovuto bere vino bianco scadente in bicchieri di carta, destreggiarsi fra le solite chiacchiere e lamentarsi dei consigli di classe che duravano troppo, dei ragazzi che non leggevano più, dei nuovi corsi di aggiornamento che erano una fregatura.

Di solito a Fedeli non dispiaceva lamentarsi un po'. Ma quella sera, all'inizio delle ultime vacanze di Natale della sua carriera, si sentiva particolarmente vulnerabile. Era in quello stato d'animo che fa dire ai personaggi dei film: «Voglio starmene da solo per un po'». Una frase che Fedeli non aveva mai sentito pronunciare nella vita reale.

Non sapeva la causa della sua inquietudine. Era un effetto collaterale del clima natalizio o era l'ombra del prossimo pensionamento? Oppure era il pensiero del sangue versato da Medea... Quante volte aveva letto quei versi senza badarci; ora invece gli sembrava un caso di cronaca nera. Pensò alle tragedie che finivano in pasto ai giornali e alla tivù: marito che accoltella la moglie, madre che soffoca i bambini. Il mondo era pieno di sangue. Ed Euripide, nel 431 a.C., aveva sentito il bisogno di raccontare proprio quella storia, quello strazio assurdo.

Tornò indietro e riaprì l'aula dove aveva fatto lezione. Accese la luce, si sedette alla cattedra, tolse il libro dalla cartella. Di fronte a lui, la distesa dei banchi vuoti, con le sedie rovesciate che parevano tanti alberi di navi ferme nel porto. Sfogliò il libro fino al monologo di Medea nel quinto episodio. Erano passati più di quarant'anni da quando, per la prima volta, in quello stesso liceo, il giovane Carlo Fedeli aveva studiato ogni minuzia grammaticale di quei versi, preparandosi all'esame di maturità.

«È necessario che essi muoiano», ecco il verdetto spietato. «E poiché è necessario, li ucciderò io che li ho generati». Il male si presenta sempre in questo modo, pensò Fedeli, come necessità. Non soltanto il male: anche il fluire della vita è una serie di necessità inesorabili, come il liceo classico, gli aperitivi, i messaggi di auguri, la vecchiaia, l'amore, il salmone con i crostini e il Moscato d'Asti. Il greco lo diceva con una parola sola, un indicativo perfetto passivo: πεπρωται. «È stabilito dal destino».

Carlo Fedeli credeva nel destino? Dopo tanti anni in cui ne parlava agli studenti, non era sicuro di sapere bene che cosa fosse. Era stanco morto: sette ore di lezione si facevano sentire. Inoltre da mesi soffriva d'insonnia; e quel mattino si era alzato presto, dopo appena due o tre ore di sonno, per finire di correggere. Gli venne in mente che qualcuno sarebbe potuto venire a sbirciare nell'aula, così spense la luce, chiuse la porta e tornò a sedersi alla cattedra.

Pensò di chiamare Giovanna, ma si accorse che aveva il telefono scarico. Si limitò a scriverle un sms: «Sto scappando dal vino nell'aula docenti... poi corro a casa e ti aspetto. Bacio».

Il suono della pioggia lo circondava, picchiettando contro i vetri e gorgogliando nelle grondaie. Spinse la *Medea* di fianco, incrociò le braccia davanti a sé e vi posò sopra il capo. Una siesta di cinque minuti lo avrebbe aiutato a ritrovare le energie per la serata con Giovanna.

Mentre il professore dormiva, l'aperitivo in aula docenti si esaurì lentamente, insieme alle bottiglie di prosecco. Qualcuno si stupì dell'assenza di Fedeli.

«Sarà con la sua nuova fiamma...»

Anni prima, Fedeli aveva avuto una storia con una collega: un'insegnante di francese con cui aveva condiviso una gita a Praga. Poi però, visti i risultati disastrosi della relazione e la successiva ondata di pettegolezzi, aveva sempre badato a tenere distinte la sua vita privata e quella scolastica. Così gli altri non si fecero troppe domande e, uno alla volta, se ne andarono a casa. Infine il custode controllò che le finestre fossero ben chiuse e sprangò il portone, dopo aver spento l'interruttore generale che regolava le lampade nei corridoi e nelle aule.

Un minuto dopo, Fedeli si risvegliò. Per qualche secondo rimase disorientato dal buio e dal freddo. Rabbrividì e, rialzandosi, scoprì di avere il collo indolenzito. Non aveva l'impressione di aver dormito per più di dieci minuti, eppure... Fece per illuminare lo schermo del cellulare, ma non ci fu nessuna reazione. Allora si mosse verso la porta e premette il pulsante della luce, ma non accadde nulla. Un black out? Si avvicinò all'orologio e, al chiarore fragile delle decorazioni natalizie, riuscì a decifrare l'ora: le 19.45.

Aveva dormito più di due ore! Com'era possibile?

Aveva male in ogni parte della schiena, del collo, delle braccia. Decise di andarsene a casa e di farsi un bagno caldo, prima dell'arrivo di Giovanna. Ma come uscire? Non aveva le chiavi dell'ingresso, e nemmeno della porta sul retro. Certo, avrebbe potuto chiamare dal telefono fisso in aula docenti... Ma chiamare chi? Avrebbe fatto una figuraccia: sono rimasto qui, venite a tirarmi fuori! Sarebbe diventato una barzelletta: il vecchio professore di lingue morte che si addormenta la sera di Natale. Gli studenti l'avrebbero trasmessa di generazione in generazione...

Pensò di telefonare a Saverio, il custode: in cambio di una generosa mancia, avrebbe potuto contare sulla sua discrezione. Si avviò lungo il corridoio in penombra.

Il Babbo Natale al neon in cima alle scale era spento, ma le stelle fosforescenti (appese dai docenti di arti visive lungo le pareti) avevano conservato una vaga luminescenza.

Con tutte le porte delle aule sbarrate, l'edificio scolastico metteva quasi soggezione. Dopo averci passato i suoi anni da liceale, Fedeli aveva insegnato lì dentro per quarant'anni, eppure non l'aveva mai visto in quel modo: gli spazi parevano enormi, i soffitti altissimi, il buio inghiottiva la fine del corridoio.

Sebbene sapesse che non c'era nulla da temere, salvo una figuraccia storica, Fedeli non poté fare a meno di sentirsi impaurito. Gli tornò in mente Euripide, il sangue, il grido spaventoso di Medea... E tutto il resto, tutto quello che aveva raccontato anno dopo anno: dietro ogni mito si celava la disperazione, anime smarrite in un mondo spaventoso, dove ogni tuono, ogni lampo, ogni movimento di terra e di mare era una condanna divina.

Arrivò in fondo al corridoio e guardò nella voragine oscura delle scale. Stava all'ultimo piano: due rampe più in basso c'era l'aula docenti, mentre sopra di lui, gli scalini portavano a un minuscolo pianerottolo e alla porta di un ripostiglio. Fedeli se ne ricordava perché da ragazzo, al suo primo anno di liceo, andava spesso a rifugiarsi lassù.

Charlie, come lo chiamavano tutti allora, era popolare solo fra le insegnanti di una certa età: una specie che tende ad accordare i suoi favori alle creature solitarie, studiose e, per dirla francamente, un po' sfigate. La sua salvezza era stato l'incontro con Simonetta, in seconda liceo. Con lei aveva attraversato anni di associazioni culturali, giornalini, cineforum. Avevano entrambi studiato a Pavia: Simo filosofia e lui lettere classiche.

Qualche anno più tardi si erano sposati. Era finita com'era finita, però Fedeli ricordava ancora quando, dopo averla baciata per la prima volta, era corso lassù, in cima alle scale, perché voleva assaporare la sensazione.

Protetto dagli sguardi altrui, aveva perpetrato uno di quei gesti ridicoli che, sul momento, sembrano rivestire un grande significato: con la chiave della bicicletta, aveva intagliato nel legno della porta il suo nome e quello di Simo, uniti dalla forma di un cuore. Un cuore! Un'azione infantile di cui lo stesso Charlie in pubblico avrebbe riso. Ma quando si è soli su un pianerottolo, con il cuore che scoppia, i gesti infantili sono un modo come un altro per placare la tempesta ormonale.

Il professor Fedeli immaginò quel ragazzino ormai scomparso nella macina del tempo. Con i jeans sdruciti, quei maglioni che gli piaceva indossare, di una o due taglie troppo larghi, le scarpe da ginnastica consunte e un ciuffo di capelli biondi che in nessun modo riusciva a governare. Era magrissimo. Aveva gli zigomi alti, il mento aguzzo. Gli anni avevano smussato gli spigoli, addomesticato i capelli; e solo gli occhi celesti restavano come allora spalancati davanti a ciò che lo stupiva, senza battiti di ciglia, quasi fosse ipnotizzato.

C'era qualcosa che non andava. Fedeli restò a fissare nel buio, ma il segnale d'allarme non era giunto tramite la vista: era un suono, un'increspatura nel picchiettio regolare della pioggia. Un respiro? Come se qualcuno stesse cercando di non farsi scorgere, mentre teneva d'occhio il professore all'angolo delle scale.

Basta. Era solo paranoia: un effetto collaterale del buio e della stanchezza. Fedeli fece per scendere gli scalini: prima arrivava nell'aula docenti, prima sarebbe tornato a casa. Il cellulare era scarico, ma avrebbe cercato il numero del custode su internet e poi...

Di nuovo quel rumore. Stavolta Fedeli si voltò di scatto e lo vide.

Era lui. A pochi metri, nell'ombra del corridoio. La figura magra, con i capelli biondi, i jeans, le scarpe dalle stringhe slacciate. La faccia restava nell'ombra, ma a Fedeli parve d'intuire lo scintillìo dello sguardo. Era un'allucinazione? Per la prima volta da anni aveva ripensato a quei tempi e ora Charlie se ne stava lì di fronte a lui, immobile, come spaventato.

Fedeli pensò che fosse uno scherzo dell'immaginazione. Allungò una mano e si trovò a mormorare: «Charlie...»

Il ragazzo si spaventò. «Ehi!». Si tirò indietro, ma Fedeli fece in tempo a sfiorarlo e a capire che era solido e concreto.

Esistevano i miraggi corporei?

«Charlie», ripeté il professore.

«Me ne stavo andando!» disse il ragazzo, con la voce roca.

«Sei tu?». Fedeli fece una pausa. «Sono io?»

Ma il ragazzo si era voltato ed era corso indietro, lungo il corridoio, fino a sparire nel buio. Fedeli era ancora immobile a metà della scalinata. Si accorse che stava tremando. Quello che aveva visto era assurdo.

Era Charlie, senza dubbio. Stessi capelli, stesso atteggiamento, stessa voce sgraziata. Aveva incontrato se stesso, dopo quarant'anni! Ma non era possibile, in realtà, perché Charlie era mutato nel tempo fino a diventare il professor Carlo Fedeli, appunto. Come faceva a essere ancora lì, nel grande liceo silenzioso? Che cosa significava tutto questo? Il destino avrebbe dovuto procedere inesorabile, come nelle tragedie e nei miti e nella grammatica. Il passato era passato, e non poteva farsi presente né futuro. Nemmeno nei corridoi deserti e oscuri, nemmeno la notte di Natale. Eppure... il professor Fedeli aveva visto, aveva sentito.

Restò a lungo immobile, aggrappato alla balaustra, incapace di scendere o di salire. Poi, dal basso, vide un fascio irregolare di luce. Si obbligò a scuotersi, a chiamare.

«C'è... c'è qualcuno?»

Dal basso, venne la voce di Saverio: «Chi è?»

«Sono il professor Fedeli...»

Il custode si avvicinò. Aveva una torcia: prima la puntò in faccia a Fedeli, poi si scusò e la voltò verso il basso.

«Mi scusi, professore, non l'avevo riconosciuta. Ma che ci fa qui?»

«Stavo lavorando. Quando sono uscito dall'aula era tutto chiuso».

«Ah, mi scusi, mi scusi... Strano, io ho fatto il solito giro, ma... Si vede che non l'ho vista. Però mi scusi, stava lavorando al buio?»

Fedeli biascicò qualcosa a proposito di una lampadina da scrivania e il custode disse che qualcuno gli aveva segnalato una finestra aperta al primo piano. Allora aveva pensato di fare un giro di controllo.

«Sa, ci sono dei disgraziati di allievi che hanno imparato a forzare la serratura delle finestre, io lo ripeto sempre che dovremmo cambiarle... Poi entrano qui di notte a bere, a scrivere sui muri. Perfino la notte di Natale, professore, ma non ce l'hanno una casa quelli?»

Mentre tornavano al pianterreno, Fedeli rivelò a Saverio che aveva visto uno di quei ragazzi. Un tipo biondo, magrolino...

«Ah, lo conosco, non è la prima volta che mi fa questo scherzo!» esclamò il custode. «Ma se lo prendo, gliela insegno io l'educazione!»

Una delle grandi finestre accanto alla porta principale era spalancata, e la pioggia stava allagando il pavimento. Saverio imprecò fra sé, accese le luci dell'atrio e sprangò la finestra. Poi aprì il portone. Nel frattempo Fedeli stava dicendo che per fortuna il custode era tornato, altrimenti avrebbe dovuto chiamarlo e magari disturbarlo durante il cenone.

«Sono solo le otto e un quarto, professore, non si preoccupi!»

Le otto e un quarto. Fedeli aveva l'impressione che fossero passate ore. Alzò gli occhi verso l'orologio dell'atrio e fu allora che notò la scritta. Sulla parete di fondo, spruzzata con uno spray di colore rosso cupo: CHARLIE LOVES SIMO, a lettere cubitali. Saverio seguì il suo sguardo e avvistò pure lui il graffito.

«Disgraziato! Lo sapevo, lo sapevo che quello era entrato per fare casino. Ah, ma se gli metto le mani addosso... Non è mica giusto, professore, perché poi quello che deve pulire sono io, tanto per cambiare! Ma lo sa, professore, che... Ehi, professore! Tutto bene?»

Fedeli stava fissando la scritta, con gli occhi sgranati. CHARLIE LOVES SIMO. Non era possibile. Restare chiuso la notte di Natale, passi. L'incontro fortuito con un ragazzo che assomigliava a ciò che lui era stato, passi. Ma che quel ragazzo avesse scritto proprio quelle parole... Dov'era la necessità, la logica, che senso aveva tutto questo?

«Professore, si sente bene?»

Fedeli si riscosse. «Sì, sì, non si preoccupi. È lo stress».

«Eh, Natale è così. Ma ora è in vacanza, no? Un po' di libertà...»

Un po' di libertà. CHARLIE LOVES SIMO.

«Sì, certo, ora sì...»

Erano giunti all'ingresso. Saverio lo guardava preoccupato, ma Fedeli lo rassicurò che andava tutto bene. Lo ringraziò per averlo tratto d'impaccio e gli assicurò che gli avrebbe mandato un regalo per sdebitarsi.

«Ma si figuri, professore...»

«No, no, ci tengo, davvero». Gli strinse la mano. «E buon Natale!»

«Buon Natale, professore!». Il custode si allontanò, passando dal retro.

Dopo qualche secondo, anche Fedeli aprì l'ombrello e s'incamminò. Ma fatti pochi passi, si fermò. Guardò la mole massiccia del liceo, con la pietra scura e i finestroni ampi, sferzati dalla pioggia. CHARLIE LOVES SIMO. Che cosa significava? Che cosa gli era successo quella sera? Stava leggendo la *Medea*, poi si era addormentato, poi aveva pensato ai suoi primi anni al liceo, poi...

Uscì lungo la strada principale.

Le vetrine accendevano promesse, tra i fari delle macchine e i lampioni e le mille ghirlande illuminate. La pioggia scivolava dall'ombrello, scendeva giù sul capo, sulla schiena. Il passato e il futuro s'intrecciavano col presente, in maniera incomprensibile, e il professore camminava piano, un passo dopo l'altro, mettendo i piedi dentro le pozzanghere.

Diario della mano rossa

25 dicembre 2017

Giornata lunga. Aria fredda, strade vuote, voci di parenti. Ecco un momento che mi piace spiare negli altri: quei pochi secondi che separano il pacco confezionato con cura, intriso di potenzialità, dall'oggetto in esso contenuto. Una cosa bella, magari, ma una, solo una, inevitabilmente. Quanto alla carta – stracciata, lacerata – passa dallo statuto di custode del mistero a quello di variopinta spazzatura.

Quest'anno ho ricevuto un piccolo rastrello di colore rosso. O forse è una zappetta. Cioè, di sicuro si può usare per zappare, ma i cinque denti, disposti in maniera da imitare la forma di una mano, mi fanno propendere per il rastrello. Il manico è di legno chiaro, con incisa la parola «Tramontina» e il paese di provenienza: «*Brasil*». La persona che me lo ha regalato non ha fornito spiegazioni. Insieme al dono c'era un biglietto con la fotografia di alcuni profughi: una madre, due bambini, un uomo con la barba. In alto, la parola «Betlemme» scritta in arabo e in ebraico. Sotto, in grassetto: «*Still crossing*». Più in basso: «*Everything will be ok, Andrà tutto bene, Tout ira bien, Todo irá bien*». E infine: «*We + C*». Il biglietto non aiuta a capire il rastrello, se non forse come un invito a dissodare la terra, affinché possa attecchire un seme di pace.

TRAMONTINA
Brasil

Fin dal primo istante ho considerato il rastrello come una mano. Per la forma delle dita, ma senza dubbio anche per il colore. Dai territori della mia infanzia è risalita la copertina di un album di Tex Willer: *La Mano Rossa*. Se nel fumetto il segno indicava una spietata banda di assassini, nella memoria è una chiave d'accesso all'avventura. La mano rossa dischiude spazi sconfinati nelle ore dei mercoledì pomeriggio. Accanto al divano c'era una cartella, con i compiti, l'astuccio, la riga millimetrata, un compasso rotto, quaderni mai troppo ordinati. Poi, dolcemente, la cartella scoloriva, se ne andava, perché nessuno si presenta con una riga millimetrata al Villaggio Centrale della riserva Navajo. E nessuno può anche solo pensare di combattere la Mano Rossa con un compasso (rotto, per di più).

26 dicembre 2017

Appena sveglio, mi accorgo che il rastrello è arancione. Come ho potuto definirlo rosso? Non so se sia stata la penombra natalizia, il richiamo del West o un bicchiere di troppo. Oggi però sono provvisto di spirito scientifico e cerco la parola «tramontina» su Google. Come primo risultato appare un'azienda che produce mozzarella di bufala. Scorro la lista finché trovo il sito di una ditta brasiliana. Nella sezione «*jardim e agricultura*», scopro finalmente l'«*escardilho 5 dentes, cabo de madeira*». Verifico che lo strumento serva proprio per «*actividades de afofar a terra e espalhar adubo*». A dire il vero il sistema di aggancio del mio *escardilho* è lievemente differente da quello raffigurato sul sito. Forse è un modello vecchio: meglio, i prodotti fuori serie sono più pregiati.

Leggo che tutto cominciò nel 1911, quando un figlio di immigrati italiani fondò una piccola bottega di ferramenta nella città di Carlos Barbosa. Più di cento anni dopo, la Tramontina dà lavoro a settemila persone. L'anonimo estensore della storia aziendale assicura che lo spirito delle origini non è andato perso, poiché ancora oggi alla Tramontina credono in qualcosa che va oltre i numeri: «*o prazer de fazer bonito*».

27 dicembre 2017

L'*escardilho* è uno scettro. È un'estensione del corpo, un braccio artificiale con in cima una mano diversa dalle nostre, ferma, rigida, essenziale nelle sue linee metalliche. Immagino un'antica civiltà che abbia superato guerre, rivoluzioni, pestilenze, carestie, invasioni di barbari e mollezza di costumi. Di generazione in generazione, l'uomo o la donna che sedeva sul trono ha brandito questo scettro, per governare e per compiere atti performativi: tu sei cavaliere, tu sei bandito dal regno, tu sarai la mia sposa.

Mi siedo sulla poltrona dal salotto. Distendo le mani sui braccioli. Nella sinistra impugno lo scettro. (Forse dovrei farlo con la destra, ma sono mancino.) Guardo fisso davanti a me. Alzo il braccio. Gli occhi della folla seguono il gesto, trepidanti. Ora dovrei abbassare lo scettro, puntarlo verso qualcuno. Scegliere. Condannare. Il simbolo del potere si fa pesante. Chissà se i grandi sovrani esitavano prima di sollevarlo.

Mi levo in piedi. Il popolo ammassato nella corte trattiene il respiro. Grido: «È un rastrello!». Prendo un respiro. «Lo scettro del nostro regno millenario è un rastrello! Un rastrello!». Dalla folla sale un mormorio, come l'annuncio di un boato. Allora, a voce più bassa, pronuncio le parole del biglietto: «*Everything will be ok, Andrà tutto bene, Tout ira bien, Todo irá bien*».

28 dicembre 2017

Un bastone magico. Fin dai tempi prima dei tempi remoti, quando sul continente si estendevano immense foreste senza sentieri, pochi uomini sapienti osarono percorrere la Via dell'Escardilho. Il potere dell'artiglio poteva portare il mago nelle contrade più impervie, sopra paludi mefitiche, oltre burroni e precipizi, nella nebbia delle brughiere e nelle ombre delle forre, verso il luogo e il momento convenuto. Maghi potenti seppero aiutare vagabondi in pericolo, consigliare sovrani, aprire vecchi portoni dentro castelli inaccessibili.

Con l'Artiglio si poteva combattere. Nel caos della battaglia il mago, da lontano, manifestava la sua presenza. Il bastone magico medicava e feriva, le dita di ferro strappavano armature o proteggevano dalle spade nemiche.

Io, nel mio piccolo, vado in cucina e provo a bere un bicchiere d'acqua. Con l'*escardilho* aprire il rubinetto non è un problema. Quanto al bicchiere, ci vuole un calice o, ancora meglio, una tazza con il manico. Sollevo la tazza e la porto alle labbra. Bevo. Il liquido fresco corre giù per la gola. Non c'è magia più grande.

29 dicembre 2017

Mi siedo davanti al computer. La piccola mano rossa se ne sta quieta, come se fosse inoffensiva, appoggiata su una pila di libri.

Mentre muovo le mani (le mie) sulla tastiera, mi domando se l'*escardilho* possa venire utile a uno scrittore.

La mano di metallo è fatta per affondare le dita nella terra, frantumandola, sminuzzandola, preparandola per la semina. La sarchiatura elimina le erbacce e rende il terreno drenante, affinché possa accogliere e trattenere ogni goccia d'acqua. Il gesto di zappare spezza la crosta, favorendo la circolazione dell'aria e la penetrazione della luce.

30 dicembre 2017

In fondo al manico c'è un buco.

Qualcuno dirà che serve per farci passare una cordicella, in modo da poter appendere la mano rossa al muro.

È una teoria più che ragionevole: laddove c'è un buco, ci passo una corda. Tuttavia, sono convinto che esista una spiegazione ancora più efficace: laddove c'è un buco, ci guardo attraverso. Accosto il manico all'occhio sinistro, poi a quello destro. (Sono mancino, ma con gli occhi non faccio distinzioni.) Di colpo, la realtà vasta e molteplice si fa essenziale, e tutta si raduna nel piccolo cerchio. Le cose sono sempre quelle, ma lo sguardo diverso le fa apparire in maniera nuova, come vibranti nell'atto di esistere. Un riflesso del sole sulla neve. Il rilievo di uno pneumatico. La curva di un seno, la trasparenza di un occhio. Ogni movimento è un sussulto di colore. Ogni chiazza sul tappeto ha una storia da raccontare e ogni imperfezione della pelle sembra perfetta così com'è, nel piccolo zoom della mano rossa.

31 dicembre 2017

La mano rossa e io siamo invitati a una cena di capodanno.

Le solite lenticchie, la solita euforia.

Nessun evento davvero decisivo è mai stato preceduto da un conto alla rovescia. All'inizio del tempo, Dio disse: «Sia la luce». Non avrebbe potuto dire che mancavano dieci secondi alla luce. (Anche perché l'universo e il tempo nacquero insieme: prima non ci sarebbero stati né orologi per scandire i secondi, né secondi da scandire.)

L'inizio di una grande amicizia, di un amore, di una storia, di un'idea, di una vita. Chi se l'aspetta? Sono cose che cominciano lì per lì, di solito quando ci sentiamo meno pronti. Il 2018 invece arriva in maniera prevedibile. L'*ooh* di stupore che saluta i fuochi d'artificio sarebbe un vero ooh se l'anno nuovo non cominciasse. Invece comincia. Per fortuna, direi.

Si beve, si fa conversazione. Mostro la mano rossa a una ragazza. Le spiego che si tratta di un'antenna, un sofisticato congegno tecnologico in grado di captare emozioni dai capodanni passati e futuri. Ecco il terrore del 192, quando assassinarono l'imperatore romano Commodo. Il silenzio compunto del 335, quando morì papa Silvestro, dopo ventidue anni di pontificato. La meraviglia del 1879, quando Edison accese una lampadina elettrica (e forse disse anche «sia la luce», tanto per fare lo spiritoso). Lo scoppio di sollievo del 1946, quando Truman dichiarò la fine della guerra. E poi gli anni futuri: l'antenna rossa può svelarci i nostri stessi sentimenti prima ancora che li proviamo, nei veglioni del 2019, del 2020, del 2021 e così via. «Se stiamo in silenzio», ho detto alla ragazza, «sentiremo il *plop* del tappo di champagne fatto saltare dai nostri pronipoti nel 2118».

La ragazza mi ha guardato e mi ha detto: «Cosa?»

1 gennaio 2018

Cominciare così, con bagaglio leggero.

Senza progetti, risparmi per la vecchiaia, piani di carriera e di vacanze, mobili, quadri, case, gioielli di famiglia, televisori, impianti stereo, terreni. O forse sì, un po' di terra, giusto per zappettarci con l'*escardilho*. Ma è quel genere di terra che non si vede, nascosta nei giorni futuri. Più è leggero il bagaglio visibile, più è feconda questa terra invisibile, nella quale germogliano narrazioni, incontri con popoli lontani, parole da scrivere.

La mano rossa è il bagaglio.

Basta affondare le dita di metallo nel terreno freddo, spostare le zolle, tracciare un ponte dalla durezza alla speranza. E un giorno, ancora nel cuore dell'inverno, sentiremo pulsare il primo sommovimento della primavera.

Indice

Impaginato dalle Edizioni Casagrande
e stampato da Salvioni arti grafiche,
Bellinzona, maggio 2018